新 世 纪 儿 童 文 学 新 论

主编：朱自强

新 世 纪 儿 童 文 学 新 论

李红叶／著

安徒生童话诗学问题

少年儿童出版社

总序

朱 自 强

　　2018 年 9 月 12 日，少年儿童出版社副总编辑唐兵和原创儿童文学出版中心主任朱艳琴专程来到青岛，代表出版社，邀请我主编一套中国原创的儿童文学理论丛书，我几乎未经思忖，就一口答应下来。这样做，其实事出有因。

　　上海一直是中国儿童文学的重镇。改革开放以来，中国的儿童文学研究取得了前所未有的发展、进步，上海的少年儿童出版社贡献不菲。

　　在 1980 年代、1990 年代，少年儿童出版社以《儿童文学研究》这份重要杂志，搭建了十分珍贵且无以替代的学术研究平台，为中国儿童文学的观念转型和学术积累做出了十分重要的贡献。1990 年代，是我学术成长的发力期，《儿童文学研究》上发表了我的十几篇论文，其中就有《儿童文学：儿童本位的文学》、《新时期少年小说的误区》（全文）、《新时期儿童文学理论的误区》等建构我的"儿童本位"的儿童文学观的重要论文。1999 年，《儿童文学研究》停刊，其部分学术功能转至《中国儿童文学》杂志，我依然在上面发表了十几篇文章，其中就有《解放儿童的文学——新世纪的儿童文学观》《中国儿童文学的困境和出路》《再论新世纪儿童文学的走势——对中国儿童文学后现代性问题的思考》等为中国儿童文学研究提供新的理论话题的文章。

1997 年，少年儿童出版社经过精心策划、深入研讨，出版了"跨世纪儿童文学论丛"，收入《儿童文学的三大母题》（刘绪源）、《人之初文学解析》（黄云生）、《西方现代幻想文学论》（彭懿）、《转型期少儿文学思潮史》（吴其南）、《智慧的觉醒》（竺洪波）、《儿童文学的本质》（朱自强）六部学术著作。《儿童文学的本质》是我的儿童文学理论的奠基之作。我以此书较为系统地建构起了当代的"儿童本位"这一理论形态，此后，我的儿童文学研究，基本是以此书所建构的儿童文学观为理论根底来展开的。"跨世纪儿童文学论丛"对我学术发展所具有的意义不言而喻。

正是因为有上述因缘和情结，我才欣然答应承担这套理论丛书的主编工作。儿童文学学科需要加强理论建设。"跨世纪儿童文学论丛"出版以后，在儿童文学学术界产生了很好的反响，《儿童文学的三大母题》《西方现代幻想文学论》《儿童文学的本质》等著作，至今仍然保持着较大的影响力。我直觉地意识到，时隔 22 年，由少年儿童出版社再次出版一套儿童文学理论丛书，也许是一件具有特殊意义的事情。

为了与"跨世纪儿童文学论丛"形成对照，我将这套理论丛书命名为"新世纪儿童文学新论"。这两个"新"字，意有所指。

在《"分化期"儿童文学研究》（2013年）一书中，我指出并研究了进入21世纪的中国儿童文学出现的四个"分化"现象：幻想小说从童话中分化出来；图画书（绘本）从幼儿文学中分化出来；通俗（大众）儿童文学与艺术儿童文学分流；分化出语文教育的儿童文学。可以说，新世纪的儿童文学有了新的气象。

学术研究如何应对儿童文学出现的这种新气象？我在《论"分化期"的中国儿童文学及其学科发展》（《南方文坛》2009年第4期）一文中说："分化期既是中国儿童文学发展的最好时期，同时也是儿童文学学科建设的关键时期。在分化期，儿童文学创作和研究中出现了很多纷繁复杂、混沌多元的现象，提出了许多未曾遭逢的新的课题，如何清醒、理性地把握这些现象，研究和解决这些课题，是儿童文学理论研究和学科建设的题中之义……"

收入"新世纪儿童文学新论"丛书的八本著作是作者多年潜心研究的学术成果。它们不是事先规划的命题作文，而是在较短的时间内的自然组稿。本丛书作为一个规模较大的理论丛书，这种自然形成的状态，正反映了儿童文学学术研究在当下的一部分面貌。

本丛书在体例上尽量选用专门的学术著作，如果是文章合集，则必须具有明晰的专题研究性质。作这样的考虑，是为了提高理论性。儿童文学研究迫切地需要理论，儿童文学研究比其他学科更需要理论。

只有理论才能帮助我们看清儿童文学所具有的真理性价值。

理论是什么？乔纳森·卡勒在《文学理论入门》一书中指出："一般说来，要称得上是一种理论，它必须不是一个显而易见的解释。这还不够，它还应该包含一定的错综性……一个理论必须不仅仅是一种推测；它不能一望即知；在诸多因素中，它涉及一种系统的错综关系；而且要证实或推翻它都不是一件容易事。"卡勒针对福柯关于"性"的论述著作《性史》一书说："正因为它给从事其他领域的人以启迪，并且已经被大家借鉴，它才能成为理论。"

按照乔纳森·卡勒所阐释的理论的特征，本丛书的八种著作，都具有一定的理论性，即所研究的问题，以及研究问题的方式，"不是一个显而易见的解释"，"涉及一种系统的错综关系"。

在注重理论性的同时，本丛书收入的著作或在一定程度上，或在某个角度上体现了"新论"的色彩和质地。

我指出的新世纪出现了幻想小说从童话中分化出来，图画书（绘本）从幼儿文学中分化出来这两个重要现象，已经得到学术界的普遍关注，幻想小说、图画书这两种文体的研究受到了应有的重视，取得了一些成果。在幻想小说研究方面，已有《西方现代幻想文学论》（彭懿）和《中国幻想小说论》（朱自强、何卫青）这样的综论性著作，不过，儿童幻想小说如何讲述故事，使用何种叙事手法，采用何种叙事结构，这些叙述学上的问题尚未有学术著作专门来讨论。本丛书中，聂爱萍的《儿童幻想小说叙事研究》聚焦于幻想小说的叙事研究，对论题做了有一定规模和深度的研究。程诺的《后现代儿童图画书研究》、中西文纪子的《图画书中文翻译问题研究》（这部著作为中西文纪子在中国攻读学位所撰写的博士论文）是近年来图画书研究中的较为用力之作。这两部著作，前者侧重于理论建构和深度阐释，后者侧重于英、日文图画书中译案例的详实分析，从不同的层面，为图画书研究做出了明显的贡献。

徐德荣的《儿童文学翻译的文体学研究》是一部应对现实需求，十分及时的著作。在近二十年的时间里，中国可称得上儿童文学的翻译大国。翻译作品的阅读能否保有与原作阅读相近的艺术质量，在很大程度上取决于翻译质量。徐德荣的这部著作，较为娴熟地运用翻译学理论，努力建构儿童文学翻译的文体学价值系统，既具有理论意义，也具有翻译实践的参考价值。

李红叶的《安徒生童话诗学问题》和黄贵珍的《张天翼与中国现代儿童文学》是标准的作家论。这两部专著一个研究世界经典童话作家，一个研究中国儿童文学的代表性作家，其选题本身颇有价值，而对于一直处于低迷状态的作家论这一重要研究领域，也有一定的提振士气的作用。

本丛书的最后两部著作是方卫平的《1978—2018儿童文学发展史论》和我本人的《中外儿童文学比较论稿》。显而易见，这是两部文章合集的书稿。所以选入，一是因为具有专题研究性质，论题可以拓展丛书的学术研究的广度，二是因为想让读者在丛书里看到从 1980 年代开始成长起来的学者的身影。

在改革开放的四十年里，中国儿童文学取得了前所未有的成就，对这一发展历程进行理性的分析和总结，是中国儿童文学史研究的重要课题。我在《朱自强学术文集》（10 卷）的第二卷《1908—2012 中国儿童文学与现代化进程》一书中，对改革开放三十几年的儿童文学历史，划分为向"文学性"回归（1980 年代）、向"儿童性"回归（1990 年代）、进入史无前例的"分化期"（大约 2000 年以来）这样三个时期，而方卫平的《1978—2018 儿童文学发展史论》对近四十年中国儿童文学创作和艺术发展历程的描述、分析和思考，则为我们提供了另一种学术眼光，呈现出文学史研究的另一种视野的独特价值。如果将我和方卫平的改革开放四十年儿童文学史的研究，两相对照着来阅读，一定是发人思考、耐人寻味且饶有趣味的事情。作为同代学人，阅读方卫平的这部带有亲历者的那种鲜活和温度的史论著作，令我感到愉悦。

我本人的《中外儿童文学比较论稿》是基于我多次出国留学之经验的著述。日本留学，给我提供了朝向西方（包括日本）儿童文学的意识和视野。作为比较文学研究，这本小书值得一提的学术贡献，是从"语言"史料出发，实证出"童话"（儿童文学的代名词）、"儿童本位"、"儿童文学"这些中国儿童文学的顶层概念，均来自日语语汇，从而证明作为观念的"儿童文学"，不是如很多学者所主张的中国"古已有之"，而是在西方的现代性传播过程中，中国的先驱们在清末民初，对其自觉选择和接受的结果。

从"跨世纪儿童文学论丛"，到"新世纪儿童文学新论"，可以看到时代给儿童文学这个学科带来的变化。22 年前，虽然"跨世纪儿童文学论丛"的作者年龄参差不齐，但还是属于同一代学者，然而，"新世纪儿童文学新论"的作者几乎可以说是"三代同堂"，尤其值得一记的是，丛书中的著作，有五部是在博士学位论文基础上形成的，这似乎既标志着学术生产力的代际转移，也显示出儿童文学这个依然积弱的学科在一点一点地长大起来。

儿童文学是社会现代化进程的产物。一个社会的现代化的水准，在极大程度上取决于儿童教育的水准。作为具有多维度儿童教育功能的儿童文学，理应在社会现代化进程中发挥重要作用，也就是说，作为学科的儿童文学的队伍规模，在中国向现代化国家发展的进程中，理应会进一步壮大。

我们期待着……

2019 年 10 月 9 日
于中国海洋大学儿童文学研究所

目录

第三章　安徒生的双重表达

第四章　安徒生笔下的儿童形象

第五章 儿童精神关联域

第六章 "儿童"（"童年"）作为一种信仰

余论　安徒生童话与儿童文学互为方法

绪论

童年深藏在我们心中，仍在我们心中，永远在我们心中，它是一种心灵状态。①

——［法］加斯东·巴什拉

汉斯·克里斯汀·安徒生（Hans Christian Andersen，1805—1875），是 19 世纪第一个赢得世界声誉的丹麦作家，也是世界上最普及、最著名的作家之一。

---

① ［法］加斯东·巴什拉. 梦想的诗学 [M]. 刘自强，译. 北京：三联书店，1996：168.

安徒生笔下的《丑小鸭》①《海的女儿》②《皇帝的新装》《卖火柴的小女孩》《拇指姑娘》《豌豆上的公主》《坚定的锡兵》《夜莺》《野天鹅》《打火匣》《老头子做事总不会错》等真是家喻户晓。安徒生在童话领域的影响力如此之大，以至于人们一提起安徒生就想到童话，一提起童话就想到安徒生，在某种意义上，"安徒生"就等同于"童话"这个词语。目前，几乎所有有文字的国家都有安徒生童话故事的译本。安徒生的童话故事超越世代、国别和种族，成为全人类共同的词汇和记忆，"他的文字属于我们曾经一个音节、一个音节地辨认过而今天我们依然在阅读的一类书籍"③。

安徒生出生在丹麦欧登塞一个贫穷的鞋匠家庭，但他备受父母的宠爱，他的孩子心性丝毫没有受到贫穷的威胁，丹麦那古老的充满梦境和幻想的农村文化反倒滋养了他对神秘事物的信仰和对梦想的追求。他是"沼泽地里的一株植物"④，是自然之子。

1819 年 9 月，他离开欧登塞只身闯荡哥本哈根。他天才地敏感到他与时代精神之间有着某种神秘的和谐关系，而这

---

① 在中国，目前有四种安徒生童话全集全译本，译自丹麦文的有叶君健译本、林桦译本、石琴娥译本，译自英文的有任溶溶译本。本文讨论安徒生童话时，均选用叶君健的译本。理由是：一、叶译版本是最早的全集全译本；二、叶译版本译自丹麦文；三、叶君健不仅仅是翻译家，也从事文学创作，叶译版本语言优美流畅。

② 该篇丹麦原文是 Den lille Havfrue，英译为 The Little Mermaid，叶君健中译为《海的女儿》。

③ ［丹］乔治·布兰兑斯. 童话诗人安徒生［C］//小啦，约翰·迪米留斯. 丹麦安徒生研究论文选. 严绍端，欧阳俊岭，译. 合肥：安徽少年儿童出版社，1999：18.

④ 林桦. 安徒生文集·总序［M］//［丹］安徒生. 安徒生文集. 林桦，译. 北京：人民文学出版社，2005：2.

种神秘的和谐关系将有助于他实现梦想，出人头地。他在日记中写道："我必定成为一个引人注目的自然之子，这是独一无二的启示，而不仅仅只是'存在'。"① 他天真无邪，自然坦率，不谙世情却生气十足，充满无畏的勇气和阿拉丁式的信心，认为"美貌善良的仙女"将为他指路、保护他②，就这样，他以自己的方式敲开了一个又一个艺术家和上层要员的家门。于是，"这位古怪的自然之子"③，"一个地地道道、土里土气的'笨汉斯'"④ 吸引了哥本哈根上层社会的普遍关注和同情。他是他所处时代的一个标志，一个奇迹。

在完成了一个未来的成功作家所应受到的基本教育后，他的艺术表达能力也趋于成熟，并立志成为一个像歌德和席勒一样的最伟大的诗人。他卓异的想象力首先寄托在戏剧、诗歌和小说上，但没有哪一种文学形式比童话更能安顿他那活跃的幻想力和天真的心性。一旦他将创作的心思用在童话创作上，奇迹降临了，他获得了真正意义上的世界声誉。

他一生出国旅游 30 次，在国外生活的时间长达 9 年，童话家的身份、杰出的讲述故事的才能、好奇心、与人相处的亲和力，以及他的传奇经历，使得他的旅行生活充满奇遇和欢呼声。他成了地地道道的世界人，结识了欧洲当时一批杰出的文化名人，包括作家、哲学家、歌唱家、舞蹈家、钢琴

① ［丹］詹斯·安徒生. 安徒生传 [M]. 陈雪松，刘寅龙，译. 北京：九州出版社，2005：10.
② ［丹］安徒生. 我生命的故事 [M]. 黄联金，陈学凤，译. 北京：中国档案出版社，2002：1.
③ ［丹］詹斯·安徒生. 安徒生传 [M]. 陈雪松，刘寅龙，译. 北京：九州出版社，2005：7.
④ ［丹］詹斯·安徒生. 安徒生传 [M]. 陈雪松，刘寅龙，译. 北京：九州出版社，2005：10.

家、画家、雕塑家及其他各种社会名流，如海涅、蒂克、格林兄弟、大仲马、小仲马、巴尔扎克、雨果、华格纳、比昂松、舒曼、李斯特、门德尔松、韦伯、洪堡、谢林、本杰明、狄更斯以及众多国王、王妃、大公、伯爵和男爵等等。

但安徒生内心孤独、敏感、忧伤，他始终生活在一个充满幻想与现实性的双重世界里，出身底层的经验和对自我的敏感使他洞察到社会的底细和个人的存在性痛苦。

他是一位幻想家，也是一个现实主义者。他是一个诗人、小说家、戏剧家、剪纸艺术家，著名的旅行家，更是一位举世无双的童话大师。他突破了当时流行欧洲的格林童话模式和德国浪漫主义童话模式，在传统童话里植入个人的想象和现实的因素，同时，把"儿童"（"童年"）作为一种支配性的艺术元素运用到童话创作之中，开创了现代童话的新形式。

安徒生用口语句式写出了大量神奇美妙、内容丰富，同时也通达儿童的思维方式和精神世界的作品，因而成为世界儿童文学成熟期的标志性人物。自此，为儿童写作成为一种风尚，一种职业，并深刻地影响了世界儿童文学的发展。

他的童话创作所具有的天赋的孩子性、洞悉宇宙万象与人类本性的丰富性以及指向光明与永存的诗性意味，赢得了全世界孩子和成人的共同喜爱，并为他带来了无上的荣耀。

鉴于安徒生在儿童文学领域所作出的杰出贡献，1956年，国际儿童读物联盟设立了以安徒生的名字命名的世界儿童文学大奖——"国际安徒生奖"，这个奖项至今仍是儿童文学界的最高奖项。1967 年，国际儿童读物联盟又确定以安徒生的诞生日"4 月 2 日"作为每年的国际儿童图书日。安徒生在人类文化史上所作出的杰出贡献早已得到全世界人们的认同，他因颂扬童心和人类善美的情感而成为全世界人们亲切而恒久的记忆。

安徒生童话的阅读和传播成为世界文学史上意义深远的一种文学现象。然而，作为当代的研究者，我们很容易发现，人们对安徒生的研究不但滞后，而且过于简单。同时，我们也很容易发现，安徒生已成为一种刻板印象和集体想象物。这是我们在观察以往的安徒生研究时要警醒的地方。

世界安徒生研究的主体成果集中在丹麦。

一方面，由于安徒生个人经历的传奇性，以及他的创作与个人经历之间的密切关联，丹麦安徒生童话研究的相当大一部分成果集中在安徒生的生活经历领域以及作家作品的关联研究。其中詹斯·安徒生的《安徒生传》显示了一个本土研究者的研究深度，为了洞察安徒生"所依靠的内在和外在的力量"[①]，他把安徒生的天性、安徒生独特的经历、安徒生所处的时代背景与其创作的关系作了深富理解力的说明。该著为本文的许多观点提供了十分重要的支持和启发。

另一方面，丹麦的安徒生研究正致力于把安徒生从"儿

---

① ［丹］詹斯·安徒生. 安徒生传［M］. 陈雪松，刘寅龙，译. 北京：九州出版社，2005.

童读物"中解放出来，这些成果启发其他国家的研究者，不应把安徒生视为单纯为孩子写作的作家，而应视之为一个严肃的文学家——他不但是一个杰出的童话作家，还是一个在戏剧、小说、诗歌等领域均有自己独到成就的艺术家，而他的童话故事始终面向孩子和成人进行双重表达，因此完全可以扩大到成人读者领域，这些故事叙事技巧高明，且涉及了人类生活的共同主题，完全经得起深度解读。从 1993 年、1996 年、2000 年、2005 年、2017 年在丹麦召开的安徒生国际研讨会上的论文来看，世界安徒生研究的主题走向可概括为："为成人写作的安徒生"到"儿童文学与成人文学之间的安徒生"[①]。

安徒生是中国人最熟悉也最感亲切的外国作家之一，恰如北京大学比较文学学者车槿山所言："从未有另外一个外国作家像他一样，如此没有裂痕地融入汉语文化当中，并对

---

① 参见： * Johan de Mylius, Aage Jørgensen & Viggo Hjørnager Pedersen. Andersen and the World Papers from the First International Hans Christian Andersen Conference [C]. Odense：Odense University Press，1993.

* Johan de Mylius, Aage Jørgensen & Viggo Hjørnager Pedersen. Hans Christian Andersen：A Poet in Time Papers from the Second International Hans Christian Andersen Conference [C]. Odense：Odense University Press，1999.

* Steven P. Sondrup. H. C. Andersen：Old Problems and New Readings Papers from the Third International Hans Christian Andersen Conference [C]. Odense：University Press of Southern Denmark & Utah：Brigham Young University Press，2004.

* Johan de Mylius, Aage Jørgensen & Viggo Hjørnager Pedersen. Hans Christian Andersen：Between Children's Literature and Adult Literature Papers from the Fourth International Hans Christian Andersen Conference [C]. Odense：Odense University Press，2007.

* 2017 年 12 月 5 日至 7 日在欧登塞召开的纪念安徒生成为欧登塞荣誉市民 150 周年暨国际研讨会的主题则是"安徒生与共同体"（"Hans Christian Andersen and Community"）。

* 历届国际安徒生研究学术会议论文亦可参见网站：
http：//www. andersen. sdu. dk/forsking/konference/index. e. html.

中华民族的心灵塑造起到了重要作用。"[①] 早在 1913 年，周作人就发表了介绍安徒生的文章[②]。"五四"前后，安徒生成为中国人最推崇的外国作家之一，周作人、郑振铎、赵景深、徐调孚、顾均正等人极力译介安徒生。1925 年安徒生诞辰 120 周年，彼时闻名海内外的《小说月报》曾推出两期安徒生专号，《文学周报》亦辟出安徒生专号，共同将安徒生译介推向高潮。20 世纪 50 年代，安徒生童话全集由叶君健翻译出版，自此，安徒生童话一版再版，不断传播，成为中国出版界的奇迹。目前，除了叶君健译自丹麦文的全集全译本，还有林桦、石琴娥译自丹麦文的全集全译本，以及任溶溶译自英文的全集全译本，其他各种精选本、改写本难以计数。安徒生的童话故事对中国儿童文学的发生意义、建设意义与参照意义，没有其他任何作品可与之相比[③]。安徒生童话所传达的深广的人道主义精神使中国人倍感亲切和温暖。《海的女儿》里小人鱼的形象所具有的爱与牺牲的精神以及为求得一个灵魂所做的艰苦卓绝的努力，使无数中国人为之落泪，小人鱼已不仅是丹麦的象征，也是中国人精神殿堂里的一尊圣像；《卖火柴的小女孩》《丑小鸭》和《皇帝的新

---

① 王洁明. 纪念安徒生诞辰 200 周年　开启"爱的教育"［N］. 河南日报，2005 - 04 - 06.

② 1912 年，周作人撰有《童话略论》，1913 年，该文发表在《教育部编纂处月刊》上。在这篇文章里，周作人指出： "今欧土人为童话唯丹麦安兑尔然 (Andersen) 为最工，即因其天性自然，行年七十，不改童心，故能如此，自郐以下皆无讥矣。"1913 年 12 月，周作人在《叒社丛刊》创刊号上发表《丹麦诗人安兑尔然传》。该文向中国读者详细介绍了安徒生的生平与创作。

③ 笔者在《安徒生童话的中国阐释》（中国和平出版社 2005 年版）一书里对此作了充分论述。

装》早已成为中小学教材的保留篇目①。

但中国的安徒生研究与安徒生在中国的影响并不相称。整体来看，百年来中国的安徒生研究基本处于散点研究状态②，且大多受制于历史文化语境，受制于相对狭隘的研究视野。当代的安徒生研究相比于其他外国经典作家作品研究，需留意如下两个因素。

首先，小语种的局限性导致研究资源稀缺。"丹麦语是一种比较难掌握的小语种"③，世界各地的研究者很难直接就丹麦语的安徒生童话进行研究，尽管丹麦人对于安徒生有非常详尽的研究，但由于同样的原因，世人也很难有机会了解到这些研究成果的内容——如果它们没有被翻译成比较通用的语言的话。在中国，包括安徒生在内的北欧文学研究长期处于边缘，其中一个重要的原因是语言的障碍。在中国，懂得丹麦语的研究者寥寥无几。缺少双边文化的实证经验，难以进行文本的原语阅读，阻碍了世界安徒生童话研究的推进。值得庆幸的是，安徒生诞辰 200 周年前后，人们为了表达对这位伟大童话家的敬意，已翻译出版多种相关文献，再加上 1999 年安徽少年儿童出版社出版的《丹麦安徒生研究论文选》，这些成果对我们全面理解安徒

---

① 早在 1931 年，傅东华与陈望道编的《初中国文教科书第一册》收入周作人译的《卖火柴的小女孩》。新中国建立后，《皇帝的新装》《丑小鸭》亦陆续被选入中小学教材。《丑小鸭》《卖火柴的小女孩》《皇帝的新装》均被选入人教版中小学语文教材。中小学的课外读本如广西教育出版社的《新语文读本》则收入了更多安徒生童话篇目，如《海的女儿》《光荣的荆棘路》《祖母》《千真万确》等。安徒生童话是教育部《全日制义务教育语文课程标准》小学部分推荐的阅读材料之一。

② 本文所有着重号均为笔者所加。

③ 林桦. 安徒生文集·总序 [M] // [丹] 安徒生. 安徒生文集. 林桦，译. 北京：人民文学出版社，2005：1.

生其人及其创作有非常重要的帮助。尽管存在难以直接阅读丹麦文安徒生童话及丹麦文安徒生研究成果的局限，如果能真正将安徒生视为重要作家来研究，语言的障碍其实是次要的原因。

造成研究滞后的最重要的原因是：把安徒生视为单纯为孩子写作的作家，忽视了安徒生童话的丰富性。正如小啦和约翰·迪米留斯所言：在丹麦以外的世界，安徒生"完全只是被当做儿童文学家来看待。人们只读过儿童所能理解的那些童话、故事，但是人们熟悉的一般只是十至二十个故事，这是相当小的一部分"①。这种偏见忽视了安徒生童话的丰富性：

其一，安徒生生前手定的《安徒生童话故事全集》篇目有156篇，加上后来人们在安徒生留下的手稿中陆续发现的篇目，总数应为181篇②。而把最受孩子们欢迎的少数篇目代替全部安徒生童话来讨论，使得安徒生成为一个单薄的存在。

其二，以偏概全，导致人们在论及安徒生童话时所指的

---

① ［丹］约翰·迪米留斯，小啦. 前言［C］//小啦，约翰·迪米留斯. 丹麦安徒生研究论文选. 小啦，译. 合肥：安徽少年儿童出版社，1999：1. 注：继小啦之后，林桦先生在译介安徒生时也格外强调了安徒生不仅仅是一个儿童文学作家，近年出版的《上帝的火柴》（齐宏伟著）及《走出儿童文学拘囿的安徒生研究》（盛开莉著）关注宗教视角和生态主题，也是对以往研究的突破。

② 参见：林桦. 安徒生到底写了多少篇童话？［C］//袁青侠. 林桦文存. 北京：三联书店，2009：70. 注：安徒生童话到底有多少篇，其实是个变动的数字。林桦先生在《安徒生到底写了多少篇童话？》一文中指出安徒生童话的篇目是212篇（《没有画的画册》中包含33个独立的故事，林桦先生将该篇看成33篇），2012年10月，一位丹麦历史学家在丹麦国家档案馆一个老旧的资料盒子里意外发现了一则新的童话《羊脂烛》（本人将之译成中文刊载于《小葵花》2015年第1期），丹麦安徒生研究专家认为这应该是安徒生的第一部童话。如果把新发现的《羊脂烛》算进去，而且截止于这篇的话，应该是213篇。如果把《没有画的画册》仍看成独立的一篇，则总数为181篇。

常常不是相同的篇目。且安徒生童话中只有少数篇目被作过根本性的分析。

其三，忽视了安徒生的戏剧、小说、诗歌、游记、自传、日记、剪纸、素描、拼贴等其他艺术才华与安徒生童话创作的互动。安徒生以小说《即兴诗人》在丹麦开创了用长篇小说写现代生活的先河，并因其在该小说中所显露出的才华而成为第一个获得世界声誉的丹麦作家。除童话之外，他还创作了 6 部长篇小说，50 部各类戏剧（包括歌舞剧、诗剧、童话剧、芭蕾舞剧脚本等）、23 部游记、3 部自传、上千首诗歌、11 卷日记以及大量的剪纸、素描及拼贴作品、书信、未完成的书稿等①。毫无疑问，这些作品与安徒生的童话创作存在互文性关系，了解这些作品，无疑有助于我们更好地解读安徒生童话。

第三，对儿童文学的偏见导致安徒生研究走浅。对儿童文学的偏见不仅会直接导致安徒生童话研究走浅，也会导致童话诗学研究滞后，而童话诗学的滞后反过来又制约了安徒生童话研究。

儿童文学批评家如佩里·诺德曼（Perry Nodelman）、芭芭拉·沃尔（Barbara Wall）、戴博拉·科根·塞克（Deborah Cogan Thacker）和吉恩·韦伯（Jean Webb）等，强调儿童文学是一个独特的文类范畴。然而，"儿童文学是文学史之外的支流"这一观念时至今日依然在世界范围内流行。在欧洲，现代意义的儿童文学通常从安徒生、布莱克、

---

① 林桦. 安徒生文集·总序［M］//［丹］安徒生. 安徒生文集. 林桦，译. 北京：人民文学出版社，2005：31.

卡洛尔、马克·吐温、科洛迪等人的代表性作品算起，因此比中国"五四"时期的发端要早差不多一个世纪。但无论中西，儿童文学始终被主流文学史所忽视："大体来说，儿童文学这条支脉在文学界里，几乎是略而不谈的"，"这可能是因为一些文学史家认为，即使置身时代的洪流中，儿童读物也不会受到主流文风递嬗的影响。还有另一种说法，由于儿童文学必须彰显它的教育功用，在展现上就仅是便于上层阶级遂行社会支配而已。钻研儿童文学的专家一再地指陈，不管于主旨上，抑或在形式上，这类作品的落笔处，并无一般文学作品里所蕴含的复杂意涵"。[①] 在很多国家以及很长一段时间里，安徒生也面临同样的境遇。

但随着大量经典儿童文学的面世，以及文学观念的改变，童书的美学风格和美学价值逐渐为理论界所关注。

戴博拉·科根·塞克（Deborah Cogan Thacker）和吉恩·韦伯（Jean Webb）的《儿童文学导论——从浪漫主义到后现代主义》一书即致力于"披露作品本身堪称隽永之处"，强调童书"不但具有特定年代的美学观，而且经常领导风潮，甚或别有新意"，但"人们对此缺乏了解的事实"。因此，该著强调把童书放到文学史的脉络中来研究，强调"儿童文学绝对是个独树一帜的范畴"[②]。

---

① ［加］Deborah Cogan Thacker, Jean Webb. 儿童文学导论——从浪漫主义到后现代主义［M］. 杨雅捷，林盈蕙，译. 台北：天卫文化图书有限公司，2005：11. 注：该译本标注了著者原名而未将著者名音译成汉语。

② ［加］Deborah Cogan Thacker, Jean Webb. 儿童文学导论——从浪漫主义到后现代主义［M］. 杨雅捷，林盈蕙，译. 台北：天卫文化图书有限公司，2005：10 - 12.

C. S. 刘易斯则列举了三种儿童文学写作方式[①]：第一种方式是从表层迎合儿童心理和爱好，通过投其所好，自认为自己所写的东西是当今儿童喜欢看的东西，尽管这些东西并不是作者本人内心喜爱的，也不是作者童年时代喜欢读的东西。这样的"投其所好"往往导致作者本我的迷失，本真的迷失。第二种方式表现为：作者为特定的孩子讲述故事，有生动感人的声音，有现场的即兴创作和发挥，也有后来的艺术加工和升华。在这一过程中，具有丰富人生阅历的成人与天真烂漫的儿童之间形成了一种默契，一种复合的人格得以形成，一个卓越的故事诞生了。第三种方式即把儿童故事看成表达其思想的最好的艺术形式。C. S. 刘易斯所充分肯定的第二种和第三种写作方式，也正是安徒生在童话创作上终身践行的方式。

芭芭拉·沃尔则从叙事学角度强调"对儿童写作"（"writing to children"）是童书写作的重要叙事策略[②]，因而童书完全可能、也应该具有丰富的美学意蕴。

这些观点提醒我们，应将儿童文学放在"大文学"背景之下来思考它们的独特表达方式及其在人类文化史上的价值。

人类的偏见与智慧并存，人类在未发现事物的真相时，常常表现出惊人的固执与盲视。观念的意识形态控制力往往

---

① 参考舒伟 2010 年 12 月 15 日在南京举行的全国儿童文学研讨会上宣读的会议论文《现当代英国童话小说传统对幻想文学创作的启示》& 舒伟，等. 从工业革命到儿童文学革命——现当代英国童话小说研究 [M]. 北京：中国社会科学出版社，2015：371 - 373.

② Barbara Wall. The Narrator's Voice：The Dilemma of Children's Fiction [M]. New York：St. Martin's Press，1991.

阻碍了人们回到事物本身，阻碍了人们回到自身的洞察与经验。"儿童文学是儿童所读的文学，而儿童是人类的稚态，所以，儿童文学也是幼稚简单的。"——这种无视历史真相的推理作为一种潜意识影响了人们对于儿童文学的基本态度。

在一种微妙的成人意识形态的控制下，儿童文学逐渐被他者化：儿童文学（包括安徒生童话）既然是为儿童所写、被儿童所读的文学，所以是简单的文学。这种集体想象所导致的结果是：其一，如林良所言："我们崇拜安徒生，但是对他却相当陌生。安徒生童话名气大，但是很少人细心阅读它。"① 其二，如丹麦学者欧林·尼尔森所言："那些自小不知道他的童话故事的人长大以后也不会想到阅读他的童话。没有人愿意浪费时间去阅读那些孩子们都能够看懂的东西。而那些在童年时代听到过这些故事的人也会得出同样的结论：他们猜想他们已经隐隐约约地了解这些故事了，再也没有必要重新阅读这些故事了。就像某些世界文学之中的巨著一样，安徒生的童话故事已经被埋没在托儿所里了。然而，如果有人鼓起勇气，决定再深入仔细地阅读这些故事，他一定会感到惊讶：难道这些童话故事过去就是这样讲的吗？人们忘了，在这些故事里有着许多在童年时理解不了，只有成年人才能理解的深刻含义。"②

安徒生有一篇卡夫卡式的童话——《影子》，写一个学

---

① 林文宝. 2005 安徒生在台湾 [C] //安徒生 200 周年诞辰国际童话学术研讨会论文集. 台南：台南大学人文学院出版，2005：13.

② ［丹］欧林·尼尔森. 汉斯·克里斯琴·安徒生. 郭德华，译. 北京：中国对外翻译出版公司，1988：95.

者的影子在脱离学者后逐渐独立，最后把学者杀死了。安徒生在儿童阅读领域的名声在某种意义上就是这个"影子"，安徒生成了他的名声的牺牲品。

问题的症结在于：如何理解"儿童"（"童年"）以及"儿童"（"童年"）在诗学维度上的含义。

"儿童"（"童年"）一词体现为一个意象、一种精神事实和一个具有丰富的人性内涵的人生形态，一个诗学范畴。那么，"儿童"（"童年"）之于安徒生童话意味着什么？

安徒生之为安徒生，单从发行量、版本形式、儿童阅读等角度并不能得到令人信服的解答。因为事实上，安徒生"也是一位为成年人写作的作家"，"他所谓的儿童童话实在也同样是针对成年人的"①，"他同其他伟大作家一样，是一个严肃的文学作家；一个社会与人的洞悉者；一个大自然的独特的描绘者；一个洞悉日常琐事和浩瀚宇宙的万象之谜、既为科学技术的进步欢欣又为人类和社会容易忽略、忘却自然的倾向担忧的诗人"②。然而，安徒生之为安徒生，却无法回避他所建构的"儿童世界"的存在。

安徒生以民间童话作为艺术表现手法，采用与原始初民及小儿相类的思维方式，传达维柯所言的诗性智慧，他因此也就寻找到了沟通人类童年、自身童年与现实童年的方式。在他的笔下，孩子很郑重地成为故事的听者（读

---

① ［丹］约翰·迪米留斯. 安徒生——童话作家、诗人、小说作家、剧作家、游记作家［M］//［丹］安徒生. 安徒生文集. 林桦，译. 北京：人民文学出版社，2005：2.

② 小啦，约翰·迪米留斯. 丹麦安徒生研究论文选［C］. 小啦，严绍端，欧阳俊岭，林桦，等译. 合肥：安徽少年儿童出版社，1999：1.

者），成为被直接描写的独立个性，成为艺术表达方式，成为文本精神结构的基础和核心，成为支配性的文体规范因素。

安徒生的著名传记作家和批评家詹斯·安徒生指出，安徒生童话自成一体，在欧洲，安徒生的同时代人"意识到并承认，安徒生所创作的文体代表了文学在形式上和内容上的延伸和创新，他们也由衷地叹服，此前的任何浪漫主义作家都无法像汉斯·克里斯蒂安·安徒生现在所做的那样，以如此令人震撼的方式把儿童运用到自己的艺术创作中。事实上，这条主线在他的著作里无处不在"①。詹斯·安徒生极其敏锐，指出了"儿童"作为一种综合艺术元素在 H. C. 安徒生创作当中的重要意义。

我们可以说，"儿童"（"童年"）之于安徒生具有"范式"意义，并体现为一种语言体式、精神结构和认识模式。根据库恩的范式理论，范式是指人类在其经验中系统地观察某一事物的认识模式。范式是一种共有的精神结构，是一整套关于实在本质的信仰②。所以，"支配性规范的形成、确立是一种新的文类正式产生的标志"③。安徒生在他的童话创作中，把"儿童"（"童年"）上升到"范式"的高度，并运用得杰出而完美，他就区别于同时代的其他一切童话，而"自成一体"。他的创作在文学史上的意义以及对后世的深远影响皆基于这一点。

① ［丹］詹斯·安徒生. 安徒生传 ［M］. 陈雪松，刘寅龙，译. 北京：九州出版社，2005：202.
② ［美］大卫·布莱奇. 主观范式 ［C］//周宪. 当代西方艺术文化学. 北京：北京大学出版社，1998：141.
③ 陶东风. 文体演变及其文化意味 ［M］. 昆明：云南人民出版社，1995：60.

从文体学的角度来看，一种文学类型的支配性文体规范既是主观的，又是客观的，既是一种感受、体验结构，又是一种语言组织结构，那么，"一种文学类型代表了特定的体验世界的方式以及语言结构的方式，它反映着特定时代作家的精神结构和文化心理结构以及语言操作结构的变化，具有深厚的人文内涵"①。

对安徒生而言，"儿童"（"童年"）是一种体验世界、把握世界的方式，"一种被想象的完整的生活方式"，因此，它既是内容，也是形式；既是语言组织结构，也是感受体验结构；既是儿童世界的展现，又是自我象征；既是时代征象，又是文化原型。儿童式的语言、儿童式的叙述方式，体现为外在形式，也包含精神结构。话语范式与精神范式具有同构对应性，而安徒生将之发展得如此完美，使得童话文体获得极富张力的美学特征：简单明了而又意味深长。正是在此意义上，我们说，安徒生童话既属于儿童，又属于成人。

当代的研究者越来越重视安徒生童话的"成人解读"，试图把安徒生童话从"儿童读物"中、从儿童文学的"影子"中解放出来，显然，这种非此即彼的观念很可能令我们忽视了安徒生得以"永恒"的基础。

现象学观察事物的方法提醒我们：回到"儿童"（"童年"）这一基本概念，在"儿童"（"童年"）与"文学"的历史关联与美学关联中切入安徒生童话，或许是真正走近安徒生并走近儿童文学的路径。安徒生之为安徒生，乃在于安徒生对"儿童"（"童年"）世界的开启及其现代

① 陶东风. 文体演变及其文化意味［M］. 昆明：云南人民出版社，1995：60.

意义。

回到文本本身，回到文学史的脉络中，把安徒生从刻板的套语和集体想象物中释放出来，应成为当代安徒生研究者的主要目标，而这一目标也与当代儿童文学研究者致力于树立儿童文学文类概念以及强调儿童文学"绝对是个独树一帜的范畴"① 这一目标相一致。

---

① ［加］Deborah Cogan Thacker，Jean Webb. 儿童文学导论——从浪漫主义到后现代主义［M］. 杨雅捷，林盈蕙，译. 台北：天卫文化图书有限公司，2005：11.

第一章

 现 代 童 年 文 体 的 确 立 与 高 峰

第一节

童话：核心童年文体

童话是最古老的文学样式之一。

童话的母体是神话、传说及宗教故事。远古初民对万物起源抱有浓厚的解释的冲动，他们通过想象"用一种不自觉的艺术方式加工过的自然和社会形式本身"[①] 就是神话。神话是关于人类演化初期的故事，是原始思维的体现，是集体的口头创作。与此同时，这种原始思维也渗透和反映在人们对日常生活的感受以及对美好愿望的描述上。愿望的实现需要一点奇迹和一点魔法，于是，就出现了口口相传的各种神奇故事，这就是民间童话。19 世纪前后，童话从民间文学形

---

① 马克思.《政治经济学批判》导言［M］//马克思恩格斯选集：第 2 卷. 北京：人民出版社，1972：113.

态发展为现代个体写作的新形式，形成了民间童话与艺术童话①的双重格局。艺术童话亦产生了两种不同的美学倾向：一种继承并发展了民间童话的天真风格，显示出鲜明的儿童读者意识，如安徒生童话；另一种则借用神话、民间童话等古老艺术的拟人、夸张、变形等艺术手法，描写想象世界，建构象征寓意，以表达对现实的批判和对理想世界的向往，如德国浪漫主义时期蒂克、霍夫曼的创作，他们的作品格调神秘、感伤。后世的艺术童话也往这两种形态发展。

由于儿童阅读的需要和童话的浪漫主义根源，极大地激发了书写理想和纯真的童话审美范式的形成。

童话在本质上是一种童年文体。因为最初的童话是原始初民——人类童年时期的精神状态的表达，所以，周作人说："童话者，原人之文学，亦即儿童之文学，以个体发生与系统发生同序，故二者，感情趣味约略相同。"② 民间童话反映了原始初民的思维方式，这种思维方式与儿童的思维方式类同，所以，也是儿童的文学。当人类尚处于童年状态时，童话是成人与儿童共同的文学。待人类理性发达，逐渐结束自己的童年时代，成人就抛弃了原始粗糙的原始文学，而独把它们留给了儿童，能与儿童分享这种文学的，大抵是农业社会里与自然、与土地尚未分离的底层人。待人类意识到童年时代的失落本质时，才重新捡拾起这种原始形态的文学。

---

① "民间童话"也称为"原始童话"或"古典童话"，"艺术童话"也称为"文学童话"、"人为童话"或"现代童话"。

② 周作人. 儿童文学小论 中国新文学的源流 [M]. 石家庄：河北教育出版社，2002：8.

人类什么时候结束了自己的童年时期？成人世界与儿童世界的分离应可以成为一个标志。人类在自己的童年时期，成人感知世界的方式与儿童类同：是感性的、整体认知的、万物有灵的、主客不分的。但工业文明的到来，使得成人世界与儿童世界分离，工业文明与远古文明分离，人类与自然分离，成人在蓦然回首间，发现"人类的感性思维与整体观念的神话传说终于被成人世界所彻底抛弃，而只成了儿童世界几乎独享的文学资源。成人世界与儿童世界的距离已是遥遥几千年乃至几十万年了"①。

待成人离自然越远，工具理性对于人的异化日甚，成人才重新发现这种原初的文学里包含极为重要的诗性智慧，与此同时，也才能够重新重视它们。18 世纪末 19 世纪初民间文学的搜集、整理、加工运动正是基于这种心理基础。童年的价值也只有在这个时候才能够被充分重视，于是，儿童被"发现"，而儿童的"发现"直接"导致了人类重新认识自己的童年、认识生命个体的童年世界的存在意义与在精神生命上的特殊需求"②，于是，现代形态的童话才得以诞生，儿童文学也与此同时兴起。安徒生童话的现代意义建立在如上历史背景之中。

安徒生童话根源于民间童话而又超越于民间童话，以其创作呼应儿童对童话的需求，来弥合成人世界与儿童世界的分离，来传达对童年、对远古时代的怀想，以及对儿童、对

---

① 王泉根. 论儿童文学的基本美学特征 [M] //王泉根论儿童文学. 南宁：接力出版社，2008：2.
② 王泉根. 论儿童文学的基本美学特征 [M] //王泉根论儿童文学. 南宁：接力出版社，2008：2.

自然、对纯真事物的推崇，从而建立起现代童年文体的新形式。

把安徒生童话放在童话发展的脉络中来观察，有助于我们理解安徒生童话童年气质的根源以及安徒生在怎样的基础上发展了童话这一核心童年文体。

第二节
民 间 童 话 的 儿 童 化 过 程

民间童话的发展脉络要追溯到神话、传说以及宗教故
事。当神话、传说以及宗教故事脱离最初产生它的语境、脱
离其最初的仪式意义而成为民间流传的口头娱乐故事时，最
初的童话就产生了。所以说，神话、传说和宗教故事是童话
最初的摹本。这个最初的摹本有属于它自己的特有的叙事模
式和功能结构。这些故事看似简单，其实暗含丰富的原型，
体现了自远古以来人类的集体无意识以及朴素的生存哲理，
因而代代相传，成为最重要的人类文化遗产之一。文化人类
学、精神分析学、原型批评、儿童学、儿童文学等学科的兴
起，为人们提供了新的理论资源去解读这些童话的多层次的
文化含义。

童话从口传形态到书面形态，经历了漫长的时间。

在口头流传阶段，人们会根据自己的需要不断加以补充和改造。它的接受者是围坐在讲述者身边的老人、孩子、男人和女人。随着工业文明的兴起、印刷术的发明以及普通大众对于神奇故事的需求，尤其当民族意识觉醒，民间文学区别于主流文学的显著特征和独有价值被发现，种种因素结合在一起，民间童话才得以被学者和作家们搜集、整理或加工，进而以书面形式留存下来。

古代印度的《五卷书》、阿拉伯的《一千零一夜》等都是经过搜集整理而成的民间童话集。在欧洲，大体而言，从 16 世纪开始，兴起整理、传播民间童话的风气，后因宗教改革而受到压抑，但仍有意大利巴西耳（Giambattista Basile，1575—1632）的《五日谈》（或称《巴西耳童话》）等成果留存下来。1697 年，法国 17 世纪古典主义作家贝洛（Charles Perrault，1628—1703）在"古今之争"的背景之下，从民间传说里找到了文学创作的新源泉，搜集、整理继而出版了《往日的故事或带有道德教训的故事》（后来又被称为《鹅妈妈故事集》），其中包括著名的《小红帽》《睡美人》《灰姑娘》《穿靴子的猫》《仙女》《蓝胡子》《小拇指》和《卷毛角吕盖》等。贝洛童话并不是专意为儿童而写，但它风格纯朴，采取了儿童天真的口气来整理奇异动人的民间故事。贝洛童话一经出版，就立即受到孩子们的热烈欢迎。童话天然地迎合孩子们的趣味，这一观念从此成为一种基本认识，其后诞生的格林童话也成功地印证了这一认识。

格林童话之所以成为民间童话的典范和高峰，与格林兄弟加工、整理童话的方式密切相关。同时必须留意格林童话的初版和最终版有重要的区别。

　　初版格林童话产生于 1812 年到 1813 年之间，即 1812 年出版第 1 卷及 1815 年出版第 2 卷，而格林兄弟手定的最终版产生于 1857 年，这之间隔着 44 年的距离，而安徒生从 1835 年开始出版他的第一部童话集，到 1872 年逐渐搁笔。从时间上看，我们可以看到安徒生的创作与格林兄弟的创作之间有很长一段时间重合。且事实上，安徒生旅德期间，曾先后两次拜访格林兄弟。安徒生与格林兄弟之间在创作上的互动关系主要体现在他们共同面对着波及全欧的浪漫主义思潮，而童话整理与童话创作正是浪漫主义的标志性成果，同时，他们也共同面对一个显而易见的儿童读者群。

　　初版格林童话的产生首先并不是为孩子而作，但最终版格林童话的出现则是儿童读者群出现的结果。

　　雅各布·格林（Jacob Grimm，1785—1865）和威廉·格林（Wilhelm Grimm，1786—1859）本是德国 19 世纪初期著名的语言学家和民俗学家，却作为世界著名的童话作家流名于世。他们最初搜集、整理、加工民间故事，纯粹是一种研究行为和学者行为。18 世纪末 19 世纪初，德国兴起民间文化运动，以赫尔德为重要发起人，之后歌德及耶拿派和海德堡派的浪漫主义诗人，纷纷深入民间，搜集、整理民间文学，重述民间文学，或把民间文学运用到自己的创作之中。而格林兄弟则致力于整理原汁原味的民间童话，意在保存文化遗产，从中探寻德意志民族文化的渊源和根性，重构德意志民族文化和日耳曼民族精神。这种学术指向确立了他们整理民间童话的风格样式："把'忠实'与'真实'作为整理民间童话的首要原则，即尽可能地保持口头文学那种朴实无华的原貌，从而最终完成了自己的民间童话集"①。

格林兄弟是 1806 年开始搜集民间童话的。他们认为，民间童话若不能以书面形式记录下来，慢慢就会散失，因为口头传播故事的时代基础已经不再存在，工业革命的到来失落了原始村落围坐在一起听故事的传统。所以，他们是秉着最大限度地保持故事原生样貌的态度来做这项工作的。他们认为，"重要的是把这些民间童话作为文献，加以学术上的解释，而不是毫无意义地进行艺术的改写或润色"②。

1812 年至 1813 年，格林童话初版出版。其实，这种抵制"艺术的改写和润色"的童话包含了深刻的文学性。它确立了民间童话的"文法"。"尽管威廉·格林在不断地用文学性的语言改写和修饰一个个口头故事，但另一方面，他也在运用一切他所谙熟的民间童话的文法，来重新装饰或者说是修改一个个故事，让它们读上去更像民间童话"③，也即，经由威廉·格林的精心修饰，他的故事就愈加文学化了，但他并没有丢弃民间童话的传统，在某些方面，民间童话的传统反而被加强了。这样，格林童话就真正成为民间童话的范本。

与贝洛童话一样，格林童话一经问世，就受到了孩子们的热烈欢迎。这些童话，孩子们不能不喜欢，恰如格林兄弟在 1812 年初版前言中说的："这种文艺形态的可贵之处，在

---

① 彭懿. 走进魔法森林——格林童话研究 [M]. 北京: 外语教学与研究出版社, 2010: 16.

② 彭懿. 走进魔法森林——格林童话研究 [M]. 北京: 外语教学与研究出版社, 2010: 21.

③ 彭懿. 走进魔法森林——格林童话研究 [M]. 北京: 外语教学与研究出版社, 2010: 232.

于它的清新如同儿童纯洁无瑕的心。"① 从此格林童话一版再版，流入家庭，流入孩子们的卧室。

正是在这一时期，"儿童需要有适合于他们的童话故事"这一观念成为中产阶级普遍默认的事实。这才有了 1857 年的格林童话最终版。正如彭懿所言："初版不是儿童文学，最终版才是儿童文学。"②

事实上，19 世纪浪漫主义时期，儿童越来越被作为一个值得思考的观念和值得加以尊重的个体来对待。工业革命催生的中产阶级小家庭，越来越重视孩子们聆听故事和阅读故事的需要，商业上的考虑一并促成通俗童话的流行，因此，格林童话问世后迅速流入中产阶级家庭。威廉·格林针对这一现象，做出了相应的反应，把作为文献的民间童话改编成为适合儿童阅读的儿童文学。自 1819 年第 2 版开始，威廉·格林"开始重新确定编辑方针，删除了所有他认为不适合孩子阅读的内容，力图使它成为一本对儿童有益的'教育之书'"③。

耐人寻味的是，1835 年安徒生携带着他的童话上场了，并且每年以一到两个集子的速度出版，最初六个集子明确标以"讲给孩子们听的童话"。这些故事一经出版很快就在欧洲范围内流传开来，并得到孩子们的热烈欢迎。威廉·格林也应受到鼓舞，因此，一再修改润色他的童话，而修改的基

---

① 刘文杰. 德国浪漫主义时期童话研究［M］. 北京：北京理工大学出版社，2009：8.
② 彭懿. 走进魔法森林——格林童话研究［M］. 北京：外语教学与研究出版社，2010：232.
③ 彭懿. 走进魔法森林——格林童话研究［M］. 北京：外语教学与研究出版社，2010：261.

准则是充分考虑到儿童读者的在场，直到产生 1857 年的最终版。这个版本去除了过于血腥和暴力的内容，也去除了许多关于性的暗示和乱伦的情节，又把残忍的亲生母亲全都改成了继母。如今在世界范围内广泛流传的，正是这个最终版，即第 7 版的《格林童话集》。

从口传形态的童话到贝洛童话，到格林童话出版与格林童话最终版，显示了民间童话的儿童化过程。儿童本能地"发现"了民间童话，在民间童话中辨认出自己的影子。而成人自觉意识到民间童话的价值，则建立在"失落"的本质之上——无论个体童年还是人类的童年时代均因其"一去不复返"而显得"超凡拔俗""无法忘却"。

格林童话作为一种被重新记忆的民间童话集子，其价值和意义的确不仅仅停留在民俗学的实证考察或娱乐孩子上。它包含了一个时代对于远古时代的怀想，也预示着一个重要的美学范畴即将受到重视，那就是"儿童"（"童年"）。

威廉·格林删去了所有他认为不适合孩子阅读的内容，民间童话的"天真"风格在格林童话最终版中得到明确的表现。因为天真（自然、纯朴）正在成为那个时代的核心精神。儿童和自然被发现。向儿童学习，向自然学习，向民间童话学习，可以避免人类受到机械文明的戕害。

人类发现，当集体的童年时代渐行渐远时，珍视现实儿童，成为一件具有拯救意义的诗意行为。在此意义上，童话必将受到重视，童话必将走向儿童，童话亦必将走向现代个体写作。安徒生以天才的直觉敏感到"天真"正在成为这个时代的核心和灵魂，他也很快就会知道经由这个途径将使他致力追求的"不朽"成为一种可能。

第三节

"发现"童年

"儿童"（"童年"）与"文学"的联结是一个深富诗性意味和文化人类学意义的命题。

一方面，童年观念是社会运动和文化思潮的产物，因此是一种社会建构物，会随着历史语境的变化而变化。另一方面，对于童年的理解，除了考虑外在的思潮变化，还须注意到这个概念所具有的普遍的人性基础。

作为生物性个休，儿童仅仅是成人的前期形态，但因为每个人都是从童年走过来的，也即每个人都曾经是儿童，所以，儿童时光就成为一种普遍经验。同时，儿童意味着一种根性的所在，根性不会随着时光的流逝而脱落，而是枝繁叶茂的基础，F. 海伦斯说，"童年并不是在完成它的周期后即在我们身心中死去并干枯的东西"，"童年就像他身体中的身体，是陈腐血液中的新鲜血液，童年一旦离开他，他就会死去"①。所以，加斯东·巴什拉写道："以其某些特征而论，童年持续于我们的一生。"②

当作家选择童年作为主题内容时，童年既是客体也是主体，既是作家观察的对象，也是作家个人的生命自省。

童年不是外在物，童年恰恰是我们自身。

因此，"儿童"的概念本质上是"人"的概念。人类对自身的认识历程决定了人类对儿童的认识历程。发现儿童即发现人自身。思考儿童永远与思考自我联系在一起。"发现"儿童永不可能由儿童自身来发现，是成人发现了儿童。

文艺复兴之后，尽管教育领域开始主张以儿童的自然天性为基础革新教育内容与教学方法，然而，儿童依然作为缩小的成人处于附属地位。但逐渐出现了一种关于儿童的新观点。一些作家和思想家，譬如拉伯雷、蒙田、洛克、斯威夫特、笛福等，把"儿童"和"野蛮人"看做现代社会中原始人的残留物。17 世纪英国哲学家、教育家洛克以及 18 世纪的卢梭，首先认识到儿童的培养与教育问题的重要性。洛克把童年看成是人生的重要阶段，主张人们要同情儿童，这种观念在以前的时代里是罕见的。但他把儿童看成一张好画图画的白纸，强调了后天教育的重要性，却忽视了儿童心灵的能动性。

到了 18 世纪，在思想观念中，儿童成为理想人的一个

---

① [法] 加斯东·巴什拉. 梦想的诗学 [M]. 刘自强，译. 北京：三联书店，1996：171
② [法] 加斯东·巴什拉. 梦想的诗学 [M]. 刘自强，译. 北京：三联书店，1996：28.

范例，但是在启蒙主义文学及前浪漫主义时代的文学作品中，我们很少能看到其中的儿童角色发展成一个完整的人——卢梭的《爱弥儿》是一个例外，他为提升儿童生活的地位打下了坚实的基础，并使之成为现实。在这部书中，他塑造了著名的儿童形象爱弥儿。爱弥儿是他教育理念的具体实现。

卢梭的儿童观以及对儿童生活的描写是他的"返回自然说"的另一种表达。

启蒙主义理性王国的失败从根本上终结了农业文明时代人与自然的和谐关系，此种翻天覆地的变化所带来的忧虑和反思，助长了浪漫主义思潮的萌生。

浪漫主义运动是人类的一个回首动作，是把目光往来处追溯，往自我深处追溯。于是，被诗人和哲学家所肯定的，是内心情感而不是理性，是"返回大自然"而不是工业机械，是个性自由而不是教条主义，是民间文化而不是古典主义，是纯真儿童而不是刻板无趣的成人。这是把儿童当作一种"值得特别加以考虑的个人"和"值得加以思考的观念"[①]的历史文化背景。

1762 年，卢梭的《爱弥儿》在阿姆斯特丹出版，一经出版即轰动了整个法国和西欧的一些国家。这本书被称为"儿童的福音书"，卢梭亦被称为"第一个发现儿童的人"。卢梭比其他任何思想家都要更早地从自我的深层发出"回首"的请求。他经由对工业文明的反思而提出了"返回自然"的口号，提出了自然人性观。他在发现大自然、发现人类纯朴状

---

① 简明不列颠百科全书：第 2 卷 [Z]. 北京：中国大百科全书出版社，1985：794.

态的同时，发现了儿童。儿童便从那看不见的、被动的、无精神价值的、无主体特性的状态中解放出来。

在《爱弥儿》中，卢梭提出了如何认识儿童以及如何教育儿童的问题，并根据儿童的年龄提出了对不同年龄阶段的儿童进行教育的具体原则、内容和方法。他的观点对教育学产生了至为深远的影响。他认为儿童是与成人完全不同的存在，而且具有自身的价值，代表着人的潜力的最完美的形式。因此，他主张自然教育，即服从永恒的自然法则，让孩子从生活和实践的切身体验中，通过感官的感受去获得他所需要的知识。所以，对儿童的自然潜力，不是要遏制，而是要呵护，如果"他的天性像一株偶然生长在大路上的树苗，让行人碰来碰去，东弯西扭，不久就弄死了"①。卢梭的儿童观在哲学、教育学和文学等不同领域中产生了持久的回响。

而安徒生则成为真正以文学形式来回应卢梭观点的杰出代表。

当然，在卢梭之后，除安徒生之外，如布莱克、赫尔德、歌德、席勒、诺瓦利斯、让·保罗、华兹华斯、柯勒律治、蒂克、雨果以及狄更斯等作家都曾描写过儿童或儿童的生活，但他们的关注"常常会呈现出这样充满敬仰和被神秘色彩所笼罩的形式，以至于我们可以称之为'对儿童生活的膜拜'"②。这种迷恋产生了一种新的写作类型，除了雨果和狄更斯等少数作家会在人道主义的范畴描写儿童受社会压制的苦难生活状况，其他作家更多关注的是儿童梦幻般的思维

---

① ［法］卢梭. 爱弥儿［M］. 李平沤，译. 北京：商务印书馆，1976：5.
② ［丹］詹斯·安徒生. 安徒生传［M］. 陈雪松，刘寅龙，译. 北京：九州出版社，2005：206.

状态及其生活的田园特色，而不是儿童的心理特征和精神生活。如席勒有言：儿童是没有被扭曲的自然。在其名著《天真与感伤》中把儿童和儿童生活看成是衡量真正的艺术和真正艺术家的标尺——他说：真正的天才一定是天真的，否则就不是天才。歌德的观念与席勒并没有太大的区别，在歌德的著作中"我们可以发现 50 种针对儿童的不同描述，但是，这些描述基本上还是一个理想化的模型或是哲学类型的概念"①。

那么，华兹华斯和布莱克又如何呢？作为 19 世纪浪漫主义的杰出代表，他的自然观和儿童观不但在他所属的时代产生了深刻影响，而且波及今天。华兹华斯把儿童视为人类天性哲学观的基石，他的创作开启了一个具有深邃的哲学背景的儿童世界，其核心哲学观点即：儿童乃成人之父。儿童是天真、自然、神秘、深邃并充满创造力的存在，犹如天上的彩虹，清新而不朽，人类经由儿童而具有复返精神家园的可能性。这种儿童景观成为浪漫主义诗人着力刻画的焦点。然而，在华兹华斯的作品中，我们仍然会看到，儿童只是用于阐释成年人精神解放过程中的一种媒介，而并非针对儿童自身的解放，儿童依然是一个理想化的人物。

布莱克却是儿童文学要提及的人物。他的《天真之歌》与《经验之歌》之所以常被列入儿童文学的范围，是因为他不但突出了儿童的天真天性，而且偶尔也让儿童的声音出现在故事情节之中，而他的作品深得儿童喜爱，还因为在一个

① [丹] 詹斯·安徒生. 安徒生传 [M]. 陈雪松，刘寅龙，译. 北京：九州出版社，2005：206.

插画尚未流行起来的时代，他使用了独具创意的插图设计，他把字母、文本、装饰纹样、边框结构、图像等多种元素集合在一起，创造了文学史上杰出的插画精品。不过，如果要把安徒生与之相比，就会看到，童话体裁相比于布莱克的诗歌，安徒生为反映儿童天性提供了怎样的广度、深度和细节！

卢梭以对儿童的自然教育来反抗封建禁锢，"儿童"于他首先是教育哲学的一个范畴；在浪漫主义诗人那里，"儿童"是诗歌的一个意象，他们对儿童的描写是偶尔的、暂时的或抽象的。而安徒生童话的出现，一个气韵生动的"孩子世界"豁然展现在人们的眼前。

人们开始意识到，这个独特的世界一直存在，却未被人们所重视。安徒生以童话的形式为世人提供了一个丰富多元的"儿童世界"的文本。从此，"为儿童"写作成为一种风尚，成为一种职业，安徒生亦成为世界儿童文学成熟期开端的标志性人物。

尽管《爱弥儿》（1762）的出版与安徒生的第一个童话故事集《讲给孩子们听的童话·第一集》（1835）的出版相隔73年之久，但卢梭和安徒生在哲学观上却存在着惊人的一致。卢梭在《爱弥儿》的前言中写道，他希望，在未来的某一天，一个明辨是非能力的理性人会留给人们一本启蒙教材，告诉人们如何去认识儿童，这样一本教材将对人性的教育具有无比重大的意义。可以说，安徒生在1835年到1872年间创作的150多篇童话故事，就是这样一种"启蒙教材"。"安徒生是继卢梭之后第一个长期关注儿童的作家，他在自己的作品中一次又一次地强调着儿童的天性，另一方面，又

以无比锐利的语言宣称：儿童生活是人生中一个不可忽视的阶段，它有着独立的价值和重大的意义。"①

---

① ［丹］詹斯·安徒生. 安徒生传［M］. 陈雪松，刘寅龙，译. 北京：九州出版社，2005：205.

第四节
把集体初民的天真升华为儿童的天真

    1835 年 1 月，安徒生出版了他的第一个童话故事集，题为《讲给孩子们听的童话》，其中包括《打火匣》《小克劳斯和大克劳斯》《豌豆上的公主》《小意达的花儿》。前三篇是对民间童话的重新讲述，《小意达的花儿》则取材于现实，是安徒生的原创。这个集子的先锋性质和革命性意义，我们将详加论述。安徒生并不是第一个进行艺术童话创作的人，相反，他所处的时代，艺术童话正在成为传达时代精神的核心体裁，却唯独安徒生将童话发展为真正的童年文体，因为他是卢梭的同路人，而不是蒂克与霍夫曼的同路人。

    艺术童话的新形式是浪漫主义思潮的产物。18 世纪末19 世纪初的浪漫主义思潮把民间文化放置到了前所未有的高度，以赫尔德、格林兄弟为首的民间童话搜集、整理运动带动了以民间童话为艺术表现手法的浪漫主义新写作——即以童话的形式传达个人想象及对工业文明的对抗和对远古时代的怀想，但"艺术童话大师，其作品与民间故事一样能够永远不衰的，是丹麦作家安徒生"①。

由于童话体裁把想象力放在第一位，没有时间和空间的限制，以隐喻认知的模式传达真理，追求人与自然的终极和谐，这些特征与浪漫主义的追求是一致的。在 18 世纪末期出现的德国浪漫主义文学思潮中，诗人们以民间童话为基本的艺术表现方式，创造了区别于民间童话的新文体——艺术童话，使童话成为一种表达浪漫主义思想的新的表现形式。

经由德国浪漫主义诗人的实践，童话从边缘文学体裁跃升为核心文学体裁。布伦塔诺、阿尔尼姆、蒂克、沙米索、霍夫曼、豪夫、诺瓦利斯、海涅等德国浪漫主义诗人，无一不从事过艺术童话的创作，其中，蒂克的《金发艾克贝特》（1796），霍夫曼的《金罐》（1814）、《胡桃夹子和老鼠国王》（1819）都是其中的佳作。

这些艺术童话虽然与安徒生童话一样，是根源于民间童话的个人创作；虽然这些作品充满想象力，也注重塑造拥有"童稚般的诗人气质"的主人公，然而，除少数作品外（如霍夫曼的《胡桃夹子和老鼠国王》，该作品是霍夫曼为朋友之子而写，以 7 岁小女孩为主人公，并塑造了小人儿胡桃夹子以及老鼠王国等，这些具有明显的童稚特征的童话元素使得这篇作品以包括电影、芭蕾舞剧等形式流传），整体来看，

---

① 简明不列颠百科全书：第 3 卷　童话 fairy tale [Z]. 北京：中国大百科全书出版社，1985：830.

德国浪漫主义艺术童话是对童年文体的背离，在这些作品中，童年的天真并未成为艺术的核心，诗人们着力表达的是幻境，他们在遥远的幻境中寄托自己的理想与追求，通过现实与幻境的对比来讽刺、批评现实。

安徒生深受德国浪漫主义的影响，其中，霍夫曼、蒂克都是他文学上的引路人。但"安徒生和当时的浪漫主义者不同，他那种富于想象的活泼文体丝毫没有华而不实的味道，而是充满浓厚的乡土气息"①，安徒生以清澈童心、乡土气息以及丹麦民族特有的平衡精神和恬淡气质，"摆脱了德国浪漫主义者那种沉湎于狂想的痼疾"，"尽管他的文学上的引路人是霍夫曼，他却独自在儿童的心灵中发现了一片新大陆"②。

安徒生的童话创作是从重述民间童话开始的，而他重述的动机、重述的方式以及他要追求的效果都是以儿童的天真为依据的，他的个人创作，也直接把儿童的天真作为童话精神来呈现。这是安徒生童话区别于早期其他艺术童话的地方。

1830年，安徒生出版了他的第一部诗歌集《诗歌集》，集子中收录了他的一个童话故事《幽灵》（后改为《旅伴》，收录于《讲给孩子们听的童话·第二集》）。在这本书的附言中，安徒生写道："作为一个孩子，听童话故事曾经是我最大的乐趣。许多童话依然在我脑海中有着深刻的印象，其中的许多童话还不太为人所知道，或者根本就没有人听说

---

① 叶君健. 安徒生童话选·译本序［M］//安徒生童话选. 北京：人民文学出版社，1958：6.
② 刘半九. 安徒生之为安徒生［J］. 读书，1980（1）.

过，在这里，我把其中的一篇复述给各位，如果得到你们认同的话，我将会把更多的童话故事用在我的作品中，也许有一天，我会发表一套丹麦童话故事集。"①

1835 年，他在写给 B. S. 英吉曼的信中说："我已经出版了一些自己小时候喜欢的童话，但我认为这些童话并没有得到普及。我在创作这些故事的时候，就如同自己正在给一个孩子讲这些童话，我的读者就是眼前的这个孩子。"②

以上陈述使我们了解到，安徒生正在把格林童话最终版的意义推向明朗——他"利用自己魔幻一般的语言方式"明确地"对着孩子以及隐藏在成人内心深处的孩子直抒胸臆"③，他也明确把天真烂漫作为艺术追求——他说："我相信，在这些故事中，我已经再明确不过地表明：什么是天真烂漫。"④

在《讲给孩子们听的童话·第一集》（1835）里，他以天真烂漫为指向，重新叙述了三个小时候听过的故事：《打火匣》《小克劳斯和大克劳斯》《豌豆上的公主》。故事中的主人公个个天真烂漫，生气淋漓。在这个集子中，他还创作了《小意达的花儿》。这是一篇完全的个人创作，一个普通小女孩感性而富于幻想的日常生活成为童话的内容。这里没有公主和王子了，没有魔鬼精怪，有的只是"天真烂漫"的幻

① ［丹］詹斯·安徒生. 安徒生传［M］. 陈雪松，刘寅龙，译. 北京：九州出版社，2005：194.
② ［丹］詹斯·安徒生. 安徒生传［M］. 陈雪松，刘寅龙，译. 北京：九州出版社，2005：197.
③ ［丹］詹斯·安徒生. 安徒生传［M］. 陈雪松，刘寅龙，译. 北京：九州出版社，2005：199.
④ ［丹］詹斯·安徒生. 安徒生传［M］. 陈雪松，刘寅龙，译. 北京：九州出版社，2005：197.

想——花儿枯萎了，是因为它们跳舞跳累了。

在此，儿童的天真代替了传统童话的奇迹。因为在安徒生的眼里，在整个19世纪浪漫主义者的眼里，儿童即奇迹，自然即奇迹。这种奇迹概念深富现代意味，正所谓"真正的奇迹有可能并且应该是我们日常生活中的平凡琐事，这才是奇迹中的奇迹"①。

童话之所以成为儿童的最爱，并不是因为童话习惯于写儿童。相反，童话是不一定要以儿童为主人公的，因为从童话的精神指向上说，童话即儿童。童话的精神结构与儿童的精神结构相类，童话的主人公往往成为儿童自我意识的映射。作为人类初民的一种文学形式，它以初始与世界相遇的方式展开对异境、对奇迹的描写，在那个随时有奇迹出现的世界里，所有的妖魔都将被铲除，所有的冒险都将有回报，弱小的总有好运气，贫穷变富贵，一文不名的小子也能够成为国王，而王子和公主终于幸福地生活在一起。一句话，美好的愿望能够在童话里得到实现。因此，童话可以类比为儿童的梦境。所以，贝洛童话和格林童话一经出版，就成为儿童的恩物。

安徒生童话也是从民间童话里生长出来的，也有王子，有公主，有魔鬼，有精灵，有会说话的动植物，但安徒生把集体初民的天真真正升华为诗人笔下的儿童的天真，这是安徒生童话区别于民间童话的地方，这也是安徒生最伟大的地方，恰如郑振铎所言："安徒生是最伟大的童话作家。他的

----

① ［瑞士］麦克斯·吕蒂. 童话的魅力［M］. 张田英，译. 北京：社会科学文献出版社，1995：129.

伟大就在于以他的童心与诗才开辟一个童话的天地，给文学以一个新的式样与新的珠宝。"①

显然，由儿童活跃而天真的心性发展而来的幻想远离了霍夫曼、蒂克、诺瓦利斯等创作中所体现出来的狂乱的幻想和绝对的伤感，正如一位德国评论家所言："安徒生不像那些自我欣赏的浪漫主义者，在他的小说和童话里，他吸取了这个主义所要求的实质性的内容，而不堕入这种主义的病态的一面：哲理性的结构和政治倾向里去。"② 勃兰兑斯（Georg Brandes）也说："想想安徒生当初亦步亦趋的霍夫曼，可以看出安徒生和他的第一个引路人相比，显得多么健康而又宁静啊!"③

于是，一种讲给孩子们听的故事类型诞生了，一个新的文学疆域被发现了，一种新的时代精神得到体现。童话将从此成为童话家传达童年信仰的载体，成为儿童文学的核心体裁。安徒生从此确立了一种现代形态的童年文体。

---

① 郑振铎. 安徒生专号（上）·卷头语 [J]. 小说月报，1925（8）.
② 林桦. 安徒生文集·总序 [M] // [丹] 安徒生. 安徒生文集. 林桦，译. 北京：人民文学出版社，2005：37.
③ [丹] 勃兰兑斯. 十九世纪文学主流　德国的浪漫派 [M]. 刘半九，译. 北京：人民文学出版社，2009：7.

第五节
与民间童话一样不朽的，唯有安徒生

　　安徒生继承了人类童年时代初始与世界相遇的惊奇能力和自如出入于有生命与无生命的灵魂之间的能力，把从神话、传说发展而来的民间童话作为艺术表现方法，展现了一个"自然之子"——一个浪漫主义诗人对自然、对儿童、对自然人性以及自己所属时代的观察，从而确立了一种现代形态的童年文体——艺术童话。这些童话故事根植于民间童话而又超越于民间童话，把童年的天真发展成为永不退色的童话精神。

　　《丑小鸭》《海的女儿》《卖火柴的小女孩》《皇帝的新装》《拇指姑娘》《夜莺》《坚定的锡兵》《梦神》《小意达的花儿》《白雪皇后》《野天鹅》《打火匣》《小克劳斯和大克劳斯》《豌豆上的公主》《老头子做事总不会错》《牧羊女和

扫烟囱的人》《恋人》《枞树》《织补针》……这些故事天真烂漫，神奇美妙，简单明了而又意味深长，将世界的惊奇重新展现在人们的眼前，成为历代相传的不朽杰作，创造了人类文化史上的奇迹，亦标志着艺术童话的高峰。因此，《简明不列颠百科全书》在"童话"这一条目里评价安徒生："艺术性童话在德国浪漫主义运动期间通过歌德、布伦塔诺、霍夫曼等而创造出来，在维多利亚的英国则通过 J. 罗斯金的《金河之王》和 C. 金斯利的《水孩儿》而发展起来，但这些故事几乎无一能够传世。艺术童话大师，其作品与民间故事一样能够永远不衰的，是丹麦作家安徒生。"①

安徒生童话之所以能与民间故事一样能够"永远不衰"，除了时代思潮、民族气质等根源，更由于安徒生独一无二的儿童心性，以及这三种因素的奇妙结合。

安徒生个性上的决定性意义用布兰兑斯（Georg Brandes）的话来说，即"如果是生于 1705 年而不是 1805 年的丹麦，安徒生可能会成为最不幸、最默默无闻的人，或许是一个疯子。生于一个事事如愿的时代，一位天才一定会创造出和谐的经典之作。那么，诗人与他所处的时代之间这种先决的和谐与他个人的诸才能之间的第二种和谐，以及天才与独特的艺术类型之间的第三种和谐之间存在相互联系"②。那么，是什么决定了这种种和谐？

---

① 简明不列颠百科全书：第 3 卷　童话 fairy tale［Z］. 北京：中国大百科全书出版社，1985：830.
② ［丹］乔治·布兰兑斯. 童话诗人安徒生［C］//小啦，约翰·迪米留斯. 丹麦安徒生研究论文选. 严绍端，欧阳俊岭，译. 合肥：安徽少年儿童出版社，1999：44.

　　1861 年，安徒生拜访了布朗宁夫人之后，布朗宁夫人在写给一位朋友的信中说："安徒生昨天来看我——吻了我的手，并且似乎总爱与人拥抱。他非常诚恳、十分坦率、极其幼稚。我喜欢他。彭（笔者注：她 12 岁的儿子）谈到他时说：'他长得实在不怎么漂亮。他很像自己写的丑小鸭，但是他的心已长成了天鹅。'"[①] 布朗宁夫人和她的儿子对于安徒生的印象代表了欧洲当时的社会名流对他的普遍印象。而狄更斯却对此保持沉默。安徒生在狄更斯的热情邀约之下，在狄更斯的庄园里住了五个星期之久。安徒生走后，狄更斯全家觉得卸下了一个包袱，随后，狄更斯对安徒生热情洋溢的信件作过一次回复后，中断了与安徒生的联系，而安徒生则始终没有弄明白狄更斯何以从此冷落了他。接受安徒生童话作品的"孩子气"与接受安徒生在日常生活上表现出的"孩子气"不是同一个概念。

　　安徒生的确如世人研究的那样，非常地"孩子气"。同时，世人对于安徒生了解得越多，就越觉得他的个性难以描绘，因为他是一个矛盾体，各种相对立的性格倾向纠结在一起。丹麦著名学者、研究安徒生的权威陶普绪-延森是这样介绍安徒生的："他是已经逝去的人中我们了解得最彻底的人，少有的性格最多样的人，充满了难以相信的矛盾的人；他不能克制自己的欢欣和哀伤，但在遇到难处理的情况时，他又能极其外交地应对；虚荣但又谦虚；极端地以自我为中心，但有难得的助人之心；一个感情纯真但又顽皮喜欢作弄

① ［丹］伊莱亚斯·布雷斯多夫. 从丑小鸭到童话大师——安徒生的生平及著作［M］. 周良仁，译. 哈尔滨：黑龙江人民出版社，2005：278.

人的人。"① 林桦则介绍安徒生"生性非常敏感，不谙世情，他憨厚温和，也十分脆弱，常常也很自卑。因此，他绝对做不到'在失意时坦然处之'"②。

安徒生的性格大概可以形容为"最人性的性格"，因为它是如此多元。作为负面特征，它体现为神经质、多疑，自卑、忧郁，恐惧、虚无、梦幻等；作为正面特征，它体现为可爱，才气横溢，想象力极其丰富，充满爱心和勇气，极具亲和力等。他的性格的丰富性大概是他强大的理解力的根源之一。他也常常提醒世人，他自己就是他的童话故事的最好的注脚。

然而，他性格的核心却是"天真"。

他是一个诗人，又是一个孩子。而他与时代的亲和力及与童话体裁的亲和力则完全根源于他那孩子似的纯朴与自然。詹斯·安徒生用极其形象的语言描述了安徒生与他所处时代的奇妙关系："当小汉斯·克里斯蒂安站在西伯尼的画室中，他看起来就像是一个有着野性外表的孩子，而启蒙时期的人们乐于接受和培养他们，想把他们培养成'高贵的野蛮人'。从外表上看，他们肮脏污秽，褴褛不堪；但从内心来看，他们比所谓的'文明人'更加纯洁和高贵。似乎所有的文明都完全忽略了这位有卓越的即兴创作才华的少年。一切与教养、道德、基督教和传统习俗有关的东西，似乎最终都没有影响到他，他似乎对此也一无所知。在这个自然之子

---

① 林桦. 安徒生文集·总序［M］//［丹］安徒生. 安徒生文集. 林桦，译. 北京：人民文学出版社，2005：28.
② 林桦. 谈谈安徒生［M］//没有画的画册. 上海：上海社会科学院出版社，2004：139.

的身上，显然没有任何遗传或先天的文雅气质，有的却是一种纯粹的、没有掺杂任何东西的真诚。他的独特之处就是纯朴和自然。"[1]

安徒生天才地敏感到这个时代的核心精神，注定要走的是一条充满浪漫主义传奇色彩的人生之路。他吸引了众多恩人赞助、照顾和保护。尽管他在艺术摸索的道路上历经挫折，然而，他自觉扮演着"自然之子"和"阿拉丁"的形象，自觉成为一个"传奇"，并在早年就预感到自己"必定成为一个引人注目的自然之子"[2]。

19世纪30年代，安徒生已经在戏剧、诗歌、小说等多个领域崭露头角。但"他在追寻一种新的写作方式，这种方式不仅以自然和自己为基石，而且还要以一个新的时代和这个时代产生的全部奇迹为后盾"[3]，这种新的形式即艺术童话。

1835年，第一部给安徒生带来世界声誉的作品诞生了，这就是长篇小说《即兴诗人》。小说发表后当年就在德国翻译出版，后又相继以多种文字在八九个国家出版发行。与此同时，安徒生携带着他的童话魔袋上场了。1835年1月，他出版了《讲给孩子们听的童话》第一集，其中包括《打火匣》《小克劳斯和大克劳斯》《豌豆上的公主》《小意达的花儿》，1835年12月，他又出版了第二集，其中包括《顽皮的孩子》《旅伴》《野天鹅》《拇指姑娘》，次年，又出版了第三

---

① ［丹］詹斯·安徒生. 安徒生传［M］. 陈雪松，刘寅龙，译. 北京：九州出版社，2005：8.
② ［丹］詹斯·安徒生. 安徒生传［M］. 陈雪松，刘寅龙，译. 北京：九州出版社，2005：10.
③ ［丹］詹斯·安徒生. 安徒生传［M］. 陈雪松，刘寅龙，译. 北京：九州出版社，2005：235.

集，包括《海的女儿》《皇帝的新装》……

安徒生的伟大事业开始了。尽管他当时尚未清楚地意识到这些童话故事将产生多大的影响。但他的忘年交和精神导师 H. C. 奥斯特（Hans Christian Oersted，1777—1851），丹麦物理学家、化学家，著名的电磁效应发明者，当他读到安徒生的童话集子时预言："《即兴诗人》使你出名，童话将使你不朽！"① 事实正是如此。

安徒生很快就发现，没有哪一种文学形式更比童话天然地吻合他的天性，也没有哪一种文学形式比童话更快地使他名扬天下，当然，也没有哪一种文学形式更比童话固定了他在人们心目中的"孩子"印象。用安徒生的一个朋友的话来说："他是一个十足的半人半兽的神，半是孩子，半是上帝。"②

安徒生特异的儿童心性是安徒生之为安徒生的重要人格基础。周作人对此看得非常清楚，他说："天然童话者，自然而成，具种人之特色，人为童话则由文人著作，具个人之特色"，"但著作童话，其事甚难，非熟通儿童心理者不能试，非自具儿童心理者不能善也。今欧土人为童话唯丹麦安兑尔然（Andersen）为最工，即因其天性自然，行年七十，不改童心，故能如此，自郐以下皆无讥矣。故今用人为童话者，亦多以安氏为限"③。

---

① 林桦. 安徒生文集·总序［M］//［丹］安徒生. 安徒生文集. 林桦，译. 北京：人民文学出版社，2005：12.
② ［丹］伊莱亚斯·布雷斯多夫. 从丑小鸭到童话大师——安徒生的生平及著作［M］. 周良仁，译. 哈尔滨：黑龙江人民出版社，2005：289.
③ 周作人. 儿童文学小论　中国新文学的源流［M］. 石家庄：河北教育出版社，2002：10.

第二章

 "照着跟孩子讲故事一样写下来"的叙述方式

第一节
挑 战 旧 的 文 学 传 统

从叙述方式上看，安徒生师法自然，青睐自然的节奏，因而喜欢朴实生动而不讲究工整的语言，他在这种语言里发现了动态的活力和真挚的诗意，与此同时，他也通过这种语言来呈现他对儿童的发现。

一、价值体现在原初的、自然的事物里

安徒生认为，价值体现在原初的、自然的事物里。

他的标志性叙述方式即："照着跟孩子讲故事一样写下来"的叙述方式。

这种叙述方式非常独特，因为它完全是以体现孩子的存

在感为前提的。安徒生说："我在创作这些故事的时候，就如同自己正在给一个孩子讲这些童话，我的读者就是眼前的这个孩子"①，"我的讲述方式就是平常我和孩子们讲故事时使用的方式"②。这种讲述方式周作人称之为"小儿的言语"、"小儿一样的文章"③，赵景深称之为"小儿说话一样的文体"④，郑振铎称之为"新的简易的如谈话似的文字"⑤，布兰兑斯则说："他不是在写，而是在说"，是"照着对孩子说话时的次序写下来"⑥。

由于翻译以及理解上的差异，研究者常常简单地把安徒生的叙述方式理解为——因为童话是写给孩子看的，所以用小孩子说话一样的语言。这种简单化的理解忽视了安徒生式的叙述方式的文体学意义。

文体是将思想纳入语词的方式，或说，文体是思想与语词共在的方式。因为思想与语词不可分，说语词就是在说思想，说思想也是在说语词，那么，从语词到思想，从文本到文化，应成为理解安徒生叙述方式的基本思路。正如维特根斯坦所言："想象一种语言即想象一种生活形

---

① [丹] 詹斯·安徒生. 安徒生传 [M]. 陈雪松，刘寅龙，译. 北京：九州出版社，2005：197.

② [丹] 安徒生. 我生命的故事 [M]. 黄联金，陈学凰，译. 北京：中国档案出版社，2002：202.

③ 周作人. 随感录 [J]. 新青年，1918 (3).

④ 赵景深，周作人. 安徒生与王尔德童话之比较 [C] // 王泉根. 中国安徒生研究一百年. 北京：中国和平出版社，2005：23.

⑤ 郑振铎. 安徒生号（上）·卷头语 [J]. 小说月报，1925 (8).

⑥ [丹] 乔治·布兰兑斯. 童话诗人安徒生 [C] // 小啦，约翰·迪米留斯. 丹麦安徒生研究论文选. 严绍端，欧阳俊岭，译. 合肥：安徽少年儿童出版社，1999：15.

式。"① 我们对安徒生独特的叙述方式的研究应放到文体学范畴里来讨论。

这种叙述方式开创了文学表达的新形式，亦代表文学观念与思想观念的重大改变：第一，儿童被发现；第二，儿童有了适合自己的文学。用詹斯·安徒生的话说：安徒生挑战了陈旧的文学传统里的三大原则——第一个原则是：文学作品的写作方式绝对不允许采用口语化的形式；第二个原则是：儿童本性的观点；第三个原则是：童话故事必须包含着可见的信息和正统的道德观念。②

可以说，安徒生式的挑战体现着文体规范的整体位移，因而深具先锋性质和革命性意义，这种"位移"从文体学的意义上来说，是文体精神结构和语言体式的改变，也是认知模式的改变。

安徒生所面对的是一个强大的、成人中心的、口语与书面语截然有别的文学传统。口语被认为是琐碎的，无理性秩序的，唯有高雅的书面语才显示出理性的光辉。人类文明是一个逐渐脱离粗糙的原始形态的过程，可是，人类在试图走向精致和优雅的过程中，有时却走向了矫揉造作，走向了夸饰和刻板。莫里哀痛感到 17 世纪巴洛克文学将文学的夸饰风格推向了极致，写了《可笑的女才了》对此进行辛辣的嘲讽。有时，人类忘记了真正的优雅和高贵源于灵魂的高贵与优雅，忘记了尊重人的真情实感，忘记了童年的生命活力。

---

① ［英］维特根斯坦. 哲学研究［M］. 汤潮，范光棣，译. 北京：三联书店，1992：15.
② ［丹］詹斯·安徒生. 安徒生传［M］. 陈雪松，刘寅龙，译. 北京：九州出版社，2005：202.

18 世纪笛福的《鲁滨孙漂流记》的恒久魅力即在于让人类重新认识到童年般的生命活力，鲁滨孙看似粗糙、野蛮，而他创世般的力量为人们提供了启示。19 世纪浪漫主义即致力于为人类文明寻找新的力量源泉，致力于"恢复记忆"。安徒生从童年、从民间和大自然中寻找他所需要的力量。这是他大胆出版《讲给孩子们听的童话·第一集》的时代背景和心理基础。

因此，他相信，"那至今仍回荡在我耳际的语言应该是最自然的表达方式"①。于是，他启用了民间的、讲述式的、现场感的、孩子式的、体现了孩子存在感的语言。面对陈旧的文学传统，安徒生用他的童话故事明确告诉世人："跟孩子讲故事一样"的语言是最自然、最生动也最具人情味的语言，这种语言相比于刻板做作的陈腐语言是多么富有活力和生气，是多么合于童年文体！

同时，安徒生所面对的这个文学传统是一个成人中心的文学传统，是一个儿童尚未被发现、儿童文化尚未得到充分发展和重视的传统。而一种文化、一种文明若缺少儿童维度的观察和思考，一定是有欠缺的文化和有欠缺的文明。卢梭已经证明了这一点。安徒生也将以自己的方式明确告诉世人：人类的幼态生活不应被忽视，而应受到珍视。

他最初出版的几个童话集明确标明这些故事是讲给孩子们听的，"听童话故事曾经是我最大的乐趣"②，安徒生知道

---

① ［丹］安徒生. 我生命的故事［M］. 黄联金，陈学凰，译. 北京：中国档案出版社，2002：201.
② ［丹］詹斯·安徒生. 安徒生传［M］. 陈雪松，刘寅龙，译. 北京：九州出版社，2005：194.

真正合于孩子们听的故事应该是怎样的故事，知道体现了真生命的艺术是怎样的艺术，他知道孩子以及与孩子相关联的纯朴事物必将成为人类文明的积极推力。

安徒生式的叙述方式是一种观念的推进。他告诉世人，孩子的本性里自含天真，而这出自天然的天真，是机械化时代、理性主义时代的珍贵品质。传统观念则是：孩子的本性是需要引导的，因此给孩子看的故事须含道德教训。

安徒生的《打火匣》《小克劳斯和大克劳斯》《豌豆上的公主》《小意达的花儿》无一个故事看得出堂皇的道德教训，其主人公活脱脱一群"小野蛮"①，个个孩子气十足，率性天真，全凭自己的天性行事。《打火匣》里的兵，取了金子，杀了巫婆，得了打火匣，金钱去了又来，最后娶了公主，做了国王。这样的故事全没有要从中提取教育思想的意图。小克劳斯、豌豆公主和小意达的故事从道德角度分析，也很叫人生疑，小克劳斯战胜大克劳斯倒也罢了，却不该欺骗农夫和酒店老板，更不该叫老人代替他钻进口袋里被大克劳斯扔到河里去；至于那位睡在豌豆上的公主，不免叫人觉得娇气、不懂礼貌等；而小意达，没有正经事可做，一篇故事，全是孩子琐碎的日常生活，全看不出"宏大主题"。那么，通过这些故事，安徒生想表达什么？安徒生是怎样改写人们

---

① "小野蛮"的说法源自周作人的评论。周作人在《新青年》第 5 卷第 3 期（1918 年 9 月 15 日）发表《随感录》，批评陈家麟、陈大镫用文言译述安徒生童话，说到安徒生"独一无二的特色，就止在小儿一样的文章，同野蛮一般的思想上"，在该文中又说："至于 Andersen 价值，到见了诺威 Boyesen 丹麦 Brandes 英国 Gosse 诸家评传，方才明白：他是个诗人，又是个老孩子（即 Henry James 所说 Perpetual boy），所以他能用诗人的观察，小儿的言语，写出原人——文明国的小儿，便是系统发生上的小野蛮——的思想。Grimm 兄弟的长处在于'述'，Andersen 的长处，就在'作'。"

的思维习惯的？

安徒生说："我相信，在这些故事中，我已经再明确不过地表明：什么是天真烂漫。"①

那种要从故事中传达"大而正"的实用主义思维不独在中国文学发展中曾是主流，在欧洲古典主义传统里亦曾经是根深蒂固的观念。安徒生以革新家的姿态颠覆了传统，他是时代的先知先觉者，他最初的童话完全作为"异类"出现在批评界的眼中。詹斯·安徒生指出："19 世纪 30 年代，人们认为以口语方式进行写作，破坏了文学最本质、最美好的本性。以思想中的自由语言——就像安徒生那些写给孩子们的童话故事一样，用咕哝、哼唧和呜咽的口气，或是平铺直叙的方式，说出作家心中的话——来代替标准写作语言，几乎是闻所未闻的。"② 安徒生对儿童本性的肯定叫批评界反应不过来，因此，《讲给孩子们听的童话·第一集》出版后，批评界先是沉默，次年才有所回应，之后，批评文章才慢慢多起来，但最初的评论全都站在安徒生的对立面。这些童话被丹麦批评界指斥为"轻率的""有毒的""自欺欺人的""不文雅的"，"无论在美学还是在道德意义上，都践踏了社会的传统观念"③。不过，批评受制于陈旧的观念，阅读却信赖感性，安徒生的第二部、第三部童话集相继出版之后，他的童话很快就得到了人们普遍的喜爱。

---

① ［丹］詹斯·安徒生. 安徒生传［M］. 陈雪松，刘寅龙，译. 北京：九州出版社，2005：197.
② ［丹］詹斯·安徒生. 安徒生传［M］. 陈雪松，刘寅龙，译. 北京：九州出版社，2005：202.
③ ［丹］詹斯·安徒生. 安徒生传［M］. 陈雪松，刘寅龙，译. 北京：九州出版社，2005：200.

布兰兑斯说："有才华的人应该有勇气。他必须敢于信赖他的灵感，他必须确信在他的脑海里忽然闪现的奇想是健康的，确信他感到得心应手的文学形式，即使那是一种新的形式，也有权利维护它的存在，他必须具有刚毅的胆识、甘愿被人指责为装模作样或误入迷途，然后才能听从他的本能的驱遣，任它专横地引向哪儿也总是追随不舍。"① 安徒生既有才华也不缺乏勇气，安徒生深深知道：浪漫主义时代，倾听内心是一种值得鼓励的行为。

他说："那些童话的构思在我的脑海里栩栩如生，让我无法停笔。在第一本童话集中，我只是像穆塞乌斯那样把我孩提时代听过的童话用自己的语言写出来。我知道那至今仍回荡在我耳际的语言应该是最自然的表达方式。"② 对童年的信仰支持他选择了"最自然的表达方式"——"照着跟孩子讲故事一样写下来"的叙述方式，也即"平常我和孩子们讲故事时使用的方式"③。

"照着跟孩子讲故事一样写下来"的叙述方式，反映了安徒生独特的审美追求，也反映了浪漫主义时代独特的文化心理和文化要求：那就是对儿童的尊重和信仰。在丹麦，安徒生开启并引领了这种尊重和信仰。

---

① ［丹］乔治·布兰兑斯. 童话诗人安徒生［C］//小啦，约翰·迪米留斯. 丹麦安徒生研究论文选. 严绍端，欧阳俊岭，译. 合肥：安徽少年儿童出版社，1999：14.
② ［丹］安徒生. 我生命的故事［M］. 黄联金，陈学凰，译. 北京：中国档案出版社，2002：201.
③ ［丹］安徒生. 我生命的故事［M］. 黄联金，陈学凰，译. 北京：中国档案出版社，2002：202.

二、杰出的与孩子沟通的能力

安徒生式的叙述方式反映了安徒生杰出的与孩子沟通的能力。

"照着跟孩子讲故事一样写下来"意味着儿童成为隐含读者之一，意味着有儿童在听，在读。

如《小意达的花儿》，从这个故事的第一句话开始，安徒生便采用了孩子般的说话方式，并使之成为全文的基调：

> "我的可怜的花儿都已经死了！"小意达说。"昨天晚上他们还是那么美丽，现在他们的叶子都垂下来了，枯萎了。他们为什么要这样呢？"她问一个坐在沙发上的学生，因为她很喜欢他。他会讲一些非常美丽的故事，会剪出一些很有趣的图案。

安徒生再现了孩子无拘无束的本色语言，孩子的本色生活随之进入故事。这在安徒生之前竟是从未有过的事情！再来看看他的第一个童话故事的开头：

> 公路上有一个兵在开步走——一，二！一，二！他背着一个行军袋，腰间挂着一把长剑，因为他已经参加过好几次战争，现在要回家去。他在路上碰见一个老巫婆，她是一个非常可憎的人物，她的下嘴唇垂到她的奶上。她说："晚安，兵士！你的剑真好，你的行军袋真

大，你真是一个不折不扣的兵士！现在你喜欢要有多少钱就可以有多少钱了。"（《打火匣》）

他把奇遇隐藏在如此简洁而明快的叙述里。他所使用的语言是口语的、儿童所使用的、儿童能理解的、符合儿童经验的。这是安徒生与那个时代的文学原则的第一个冲突——"文学作品的写作方式绝对不允许采用口语化的语言"[1]，但安徒生革命化了它，"'人们不是这样写的。'这话不错，可是，人们是这样说的。是对成人说的吗？不，不过是对孩子说的，那么，把这些字照着对孩子说话时的次序写出来为什么不妥当呢？"[2] 儿童读者第一次得到如此明确的尊重。故事的叙述完全对着"眼前这个孩子"展开。因此，安徒生赢得了全世界孩子的喜爱。这一特征也的确可以看成是儿童文学诞生的标志。

安徒生的文字间有声音、有动作、有表情，体现了鲜明的讲述感。"这儿起决定性的因素不是抽象的书写语言的规则，而是孩子的理解力"，"书面语是贫乏的，不够使用的，口头语却可以借助于许许多多的东西，诸如模仿谈话中提到的事物的口部表情，形容那事物的手的动作，音调的长短、强弱，严肃或者滑稽，面部的一切表情以及整个的姿态等等。谈到的事物越接近于自然状态，这些辅助的东西对理解

---

[1]［丹］詹斯·安徒生. 安徒生传［M］. 陈雪松，刘寅龙，译. 北京：九州出版社，2005：201.

[2]［丹］乔治·布兰兑斯. 童话诗人安徒生［C］//小啦，约翰·迪米留斯. 丹麦安徒生研究论文选. 严绍端，欧阳俊岭，译. 合肥：安徽少年儿童出版社，1999：15.

的帮助越大"。① 所以，安徒生的叙述有时看似混乱，实则处处暗合于自然的生命律动。一切都服从于讲述的需要——要让讲述的内容尽可能生动传神。安徒生在这方面具有卓绝的本领，"由于他不能把发生的事情直接用唱歌、绘画或者舞蹈传达给孩子，他就得在他的散文中将歌曲、图画和手势的动作禁锢起来，以便它们像被束缚的力量一样隐伏在那儿，只要书本一打开，它们便倾其余力昂然而起"②。

　　兵士爬上树，一下子就溜进那个洞口里去了。正如老巫婆说的一样，他现在来到了一条点着几百盏灯的大走廊里。他打开第一道门。哎呀！果然有一条狗坐在那儿。眼睛有茶杯那么大，直瞪着他。

　　"你这个好家伙！"兵士说。于是他就把它抱到巫婆的围裙上。然后他就取出了许多铜板，他的衣袋能装多少就装多少。他把箱子锁好，把狗儿又放到上面，于是他就走进第二个房间里去。哎呀！这儿坐着一只狗，眼睛大得简直像一对水车轮。

　　"你不应该这样死盯着我，"兵士说，"这样你就会弄坏你的眼睛啦。"他把狗儿抱到女巫的围裙上。当他看到箱子里有那么多的银币的时候，他就把他所有的铜板都扔掉，把自己的衣袋和行军袋全装满了银币。随后

---

① [丹]乔治·布兰兑斯. 童话诗人安徒生 [C] //小啦，约翰·迪米留斯. 丹麦安徒生研究论文选. 严绍端，欧阳俊岭，译. 合肥：安徽少年儿童出版社，1999：15.
② [丹]乔治·布兰兑斯. 童话诗人安徒生 [C] //小啦，约翰·迪米留斯. 丹麦安徒生研究论文选. 严绍端，欧阳俊岭，译. 合肥：安徽少年儿童出版社，1999：16.

他就走进第三个房间——乖乖，这可真有点吓人！这儿的一只狗，两只眼睛真正有"圆塔"那么大！它们在脑袋里转动着，简直像轮子！（《打火匣》）

这是一种随着情节的走动和"听者"的情绪反应而即兴调遣的口语。"一，二！一，二"、"哎呀"、"你这个好家伙"、"乖乖，这可真有点吓人"——各种拟声词、叹词，全都加进来了。这种随意而原始的语言，在安徒生的批评者看来，与真正的艺术形式毫不相干。但安徒生发现了这种语言的神奇魔力——语言的使用完全服从讲述的需要——有讲者，有听者，有惊奇感和亲切氛围。这是一个专为孩子设计了进入通道的世界：那三只狗的眼睛有"茶杯那么大"、"水车轮那么大"、"哥本哈根圆塔那么大"，以及无数的铜币、银币、金币！而这个运气好的兵，见了银币就不要铜币了，见了金币就不要铜币了——这样的做派全然是天真小儿的作为。

安徒生有着特殊的本领，能够把抽象的东西具象化，使一切概念变得可以看得见，而且完全接通了"眼前孩子"的经验和想象。安徒生是这样来向孩子们描述一个人的富有或者钱多的：兵士的金子可以多得"把整个哥本哈根买下来"，"把卖糕饼女人所有的糖猪都买下来，他可以把全世界的锡兵啦、马鞭啦、摇动的木马啦，全部都买下来"（《打火匣》）；鼹鼠很有钱，他的家就"比田鼠家的大十倍"，田鼠很富有，"藏有整整一房间的麦粒"（《拇指姑娘》）；而宫殿里的十一个王子他们"用钻石笔在金板上写字"，"他们的妹妹艾丽莎坐在一个镜子做的小凳上。她有一本画册，那需要半个王国的代价才能买得到"(《野天鹅》);至于那个非常有钱的商人呢,"他的银元可以用来铺满一整条街,而且多余的还可以用来铺一条小巷"(《飞箱》)。——看吧,安徒生完全考虑到他的小读者的兴趣和思维方式,完全考虑到他们的经验和理解力。

再来看看小克劳斯(《小克劳斯和大克劳斯》):

> 好呀!小克劳斯多么喜欢在那五匹牲口的上空啪嗒啪嗒地响着鞭子啊!在这一天,它们就好像全部已变成了他自己的财产。
>
> 太阳在高高兴兴地照着,所有教堂塔尖上的钟都敲出做礼拜的钟声。大家都穿起了最漂亮的衣服,胳膊底下夹着圣诗集,走到教堂里去听牧师讲道。他们都看到了小克劳斯用他的五匹牲口在犁田。他是那么高兴,他把鞭子在这几匹牲口的上空抽得啪嗒啪嗒地响了又响,同时喊着:"我的五匹马儿哟!使劲呀!"
>
> "你可不能这么喊啦!"大克劳斯说,"因为你只有一匹马呀。"
>
> 不过,去做礼拜的人在旁边走过的时候,小克劳斯就忘记了他不应该说这样的话。他又喊起来:"我的五匹马儿哟,使劲呀!"
>
> "现在我得请求你不要喊这一套了,"大克劳斯说,"假如你再这样说的话,我可要砸碎你这匹牲口的脑袋,叫它当场倒下来死掉,那么它就完蛋了。"
>
> "我决不再说那句话!"小克劳斯说。但是,当有人在旁边走过、对他点点头、道一声日安的时候,他又高

兴起来，觉得自己有五匹牲口犁田，究竟是了不起的事。所以他又啪嗒啪嗒地挥起鞭子来，喊着："我的五匹马儿哟，使劲呀！"

"我可要在你的马儿身上'使劲'一下了。"大克劳斯说，于是他就拿起一个拴马桩，在小克劳斯唯一的马儿头上打了一下。这牲口倒下来，立刻就死了。

"哎，我现在连一匹马儿也没有了！"小克劳斯说，同时哭起来。

小克劳斯是何等天真，何等快活。这完全是一个天真无畏的孩子的形象。

安徒生的叙述魅力在此展现无遗。它的节奏感，它对"眼前"那个"听者"的关怀与分享之心，以及对儿童本性的赞美与欣赏，全都显示了出来。这就是口语的活力。儿童的天真生气，那种"动态的活力"绝对需要一种自然的口语才有可能将之完整地呈现出来。

再看看《海的女儿》的开头部分：

在海的深处，水很蓝，就像最美丽的矢车菊花瓣，同时又很清，就像最明亮的玻璃。然而那里却是很深很深的，深得任何的锚链都不可能达到海底。要想从那里的海底一直达到水面，必须要很多的教堂尖塔一个接着一个地叠加起来才成。而海底的人就住在这下面。

这种口语式的叙述犹如自由的呼吸，自然，简单，却自有节奏和诗意。那个海的世界因这种单纯的叙述而成为一个神秘而永恒的世界：像最美丽的矢车菊花瓣，像最明亮的玻璃，然而那里却是很深很深。

再看看他是怎样描述梦神的吧（《梦神》）。他说：

天黑了以后，当孩子们还乖乖地坐在桌子旁边或坐在凳子上的时候，奥列·路却埃就来了。他轻轻地走上楼梯，因为他是穿着袜子走路的；他不声不响地把门推开，于是"嘘!"

他在孩子的眼睛里喷了一点甜蜜的牛奶——只是一点儿，一丁点儿，但已足够使他们张不开眼睛。这样他们就看不见他了。他在他们背后偷偷地走着，轻柔地吹着他们的脖子，于是他们的脑袋便感到昏沉。啊，是的！但这并不会伤害他们，因为奥列·路却埃是非常心疼小孩子的。他只是要求他们放安静些，而这只有等他们被送上床以后才能做到：他必须等他们安静下来以后才能对他们讲故事。

当孩子们睡着了以后，奥列·路却埃就在床边坐上来。他穿的衣服是很漂亮的：他的上衣是绸子做的，不过什么颜色却很难讲，因为它一会儿发红，一会儿发绿，一会儿发蓝——完全看他怎样转动而定。他的每条胳膊下面夹着一把伞。一把伞上绘着图画；他就把这把伞在好孩子上面撑开，使他们一整夜都能梦得见美丽的故事。可是另外一把伞上面什么也没有画：他把这把伞在那些顽皮的孩子上面张开，于是这些孩子就睡得非常糊涂，当他们在早晨醒来的时候，觉得什么梦也没有做过。

　　当安徒生把孩子放在第一位时，那个抽象的、看不见的、掌管着我们睡梦的那个精灵，就在叙述里变得生动无比。安徒生正是在此等处接通了儿童的梦境，也体现了安徒生深入孩子的精神本质的杰出能力以及与孩子沟通的杰出能力。正如布兰兑斯所言：安徒生"以其丰富的同情，完全跟孩子息息相通，完全进入孩子的理念范畴、思考方式，的的确确进入孩子的纯粹具体的视野之内"。于是，安徒生童话"在各个国度，用各种语言，不分贫富，都在拼音，阅读，听讲"，"像这样虔诚相信，这样倾心注意，这样不知疲倦的读者大众，别的任何作家都没有"。①

　　安徒生式的叙述方式表明，儿童被明确纳入读者范围，儿童自身成为描写对象，儿童本性得到尊重。正如詹斯·安徒生所说："出版于1835年《讲给孩子们听的童话》不仅代表着一种文化革命，也代表着一场艺术革命。安徒生则是这场革命的领导者，他把各个年龄段的女孩和男孩从无名无分的世界里，让他们走进自己的童话世界。"②

　　在安徒生这里，"儿童"被发现，"儿童"之于"文学"的意义，"文学"之于"儿童"的意义第一次以如此鲜明的方式呈现出来。这种革命性的意义也反映在中国对安徒生童话的接受上。

　　"五四"时期的研究者认识到安徒生所使用的语言对开

---

① ［丹］乔治·布兰兑斯. 童话诗人安徒生［C］//小啦，约翰·迪米留斯. 丹麦安徒生研究论文选. 严绍端，欧阳俊岭，译. 合肥：安徽少年儿童出版社，1999：18.

② ［丹］詹斯·安徒生. 安徒生传［M］. 陈雪松，刘寅龙，译. 北京：九州出版社，2005：208.

创现代儿童文学新样式具有本体论的意义，有助于把文学语言尤其是写给孩子们看的文学语言从文言表达中解放出来，所以，周作人、赵景深等人，对安徒生童话的语言大加赞赏。尤其是周作人，当他读到陈家麟、陈大镫用古文译的安徒生童话集①时，大为伤心，批评这部文言译作把"照着对孩子说话一样"写下来的安徒生童话全都变成了"用古文来讲道理"的"班马文章，孔孟道德"——因为译者不但使用古文，而且"依据了'教室里的修身格言'，删改原作之处颇多"，从而失掉了安徒生独一无二的特色——"小儿一样的文章"和"野蛮一般的思想"②。周作人的评论对于中国人认识安徒生起了非常重要的作用，恰如郑振铎所言："使安徒生被中国人清楚的认识的是周作人先生"，"到了'五四'之后，我们的思想，经了大的变化，《新青年》成了青年的指导者，于是周先生译登在《新青年》上的安徒生的《卖火柴的女儿》才为大家注意。周先生又在《新青年》批评陈君译的安徒生童话集，题为《十之九》的。此后，安徒生便为我们所认识，所注意，安徒生的作品也陆续的有人译了。"③

从周作人的评论来看，他对安徒生童话所使用的语言及这种语言在文体上及文化模式上的革命性意义有较为充分的认识。但后世的研究者并未在此基础上深化，而固定在"容

---

① 陈家麟、陈大镫的集子名为《十之九》，是中国第一个安徒生童话集译本，由中华书局 1918 年 1 月出版，译本署名英国安德森，可见，当时译者对安徒生缺乏了解。该译本收入《火绒箱》《飞箱》《大小克劳势》《翰思之良伴》《国王之新服》及《牧童》等 6 篇。周作人读后在《新青年》（1918 年 9 月 15 日）第 5 卷第 3 期"随感录"一文里写了对这部集子的评论。

② 周作人. 随感录 [J]. 新青年，1918（3）.

③ 西谛. 安徒生的作品及关于安徒生的参考书籍 [J]. 小说月报，1925（8）. 注：西谛为郑振铎笔名。

易使孩子诵读"① 这一意义之上。

新的审美范式要求建立新的意义阐释方式，并帮助人们通过阅读这些作品洞察自己的真实生活。人类幼态生活中的天真无邪不应被忽视，而应珍视。这就是安徒生式的叙述方式的现代意义。

---

① 狄福. 丹麦童话家安徒生 [J]. 文学，1935 (1). 注：狄福为徐调孚笔名。

第二节
再现口传故事时代的讲述氛围

安徒生把口语形式运用到了极致，故事的现场感极强。"照着跟孩子讲故事一样写下来"的叙述方式，以文字的形式再现了农业时代口传故事的互动氛围，传达了安徒生对现场讲述的热爱、对远古时代的怀想以及对儿童的关爱之情。

一、安徒生，永远的故事讲述人

安徒生在沙龙里以及在孩子们的卧室里讲述故事的情景让人想起荷马时代。

他是一个真正的"故事讲述人"。

安徒生是在故事中长大的，而他自己的一生也是一个精彩而曲折的故事。在他的自传中，他把自己的一生放置在一个巨大的故事模式中。他说："我的一生是一部美丽的童话，童话的情节曲折动人，主人公幸福无比。虽然我在孩提时代只身闯荡世界时，身无分文，举目无亲，但我遇见了一个美貌善良的仙女，她告诉我：'你要看准前面的道路，定下你的终生奋斗目标，那么，我会根据你的心智发展和理性要求，为你指路，保护你。'我的命运从未有过如此明智而又幸福的启迪。我一生的故事将把我感悟到的一切告知世间：仁爱的上帝安排世间万物。一切都至情至理。"① 的确，从安徒生的出生到以童话创作而闻名于全世界，"一切都至情至理"。

安徒生出身于社会最底层。这正是他童年的根性所在。安徒生曾在给一位非常了解他的朋友的信中把自己说成是"沼泽地里的一株植物"②。但安徒生仍然是个幸运儿，他备受父亲、母亲、祖母的宠爱。星期天，父亲常常花一整天的时间替他做玩具和图画，晚上，常常为他朗读拉封丹和霍尔堡的作品或者《天方夜谭》，以及莎士比亚。而安徒生孩提时代的欧登塞，各种习俗和传统依然没有受到多少工业文明的损害，人们保持着对于各种神秘事物的信仰。母亲和祖母带着他出门的时候，安徒生能够听到各种古老神奇的故事。

安徒生的脑子里有个故事的百宝箱，这为他后来的创作提供了无数素材与灵感。同时，他酷爱表演，在青少年时

---

① ［丹］詹斯·安徒生. 安徒生传［M］. 陈雪松，刘寅龙，译. 北京：九州出版社，2005：1.
② 林桦. 安徒生文集·总序［M］//［丹］安徒生. 安徒生文集. 林桦，译. 北京：人民文学出版社，2005：2.

代，就被人们称为来自菲英岛的夜莺和小朗读家。1819 年他
只身来到哥本哈根的时候，就是靠他的表演与朗诵才能而敲
开各个文艺名流的家门的。从此，但凡安徒生出现的场所，
他就成为那个为大家朗诵或讲故事的人。等到他以童话故事
而出名的时候，他就被各国国王、宫廷贵族以及其他社会名
流邀请。安徒生走到哪里，就把他的童话故事带到哪里。许
多亲自听过安徒生讲故事的人在后来的回忆录中记录了安徒
生当时讲故事的场景。以下这一段回忆源自《小意达的花
儿》中的原型人物小意达长大后所嫁丈夫的回忆录：整个阅
读会一般是按照固定的模式进行的，气氛庄重严肃。在全部
听众就座之后，安徒生才坐在自己的椅子上，吃力地把一条
腿搭在另一条腿上，用亲切的目光环顾一下面前的所有听
众，然后用右手拿着稿子，左手在自己的脸上从上到下慢慢
地擦了一把："当他的手遮住了那双富于表情的眼睛时，他
似乎在休息，抑或是积攒着力量，当他再次放下手的时候，
这个怪癖男人的脸突然变得面目全非！仿佛是把一条蒙在脸
上的面纱完全掀掉。他坐下时向我们问候的表情，现在已经
无影无踪，整个人立刻沉浸在周围的环境当中。于是，一部
文学巨作，便在听众面前无声无息、轻松自然地拉开了帷
幕。即使是一个精心照料初生婴儿的母亲，也做不到像安徒
生那样，以无穷的爱和温暖去打理他心中生出的作品。他的
行动虽然常常显得笨拙而不协调，但是和他嘴里说出的每一
个字配合在一起，这些行动便会显得相得益彰、珠联璧合。
哪怕他只是伸展一下手臂，抬起一只手，或是伸出一个指
头，举手投足之间都透露着难得一见的优雅。尽管他的声音

并非特别动听，但他的阅读听起来却像是没有伴奏的乐章。"①

安徒生身高体瘦，手脚长，眼睛小，鼻子大，长相颇有些怪异，然而，只要他一开口讲故事，整个人就像获得了魔力似的，变得极其生动而迷人。

19世纪70年代，英国作家埃德蒙德·高斯在参观丹麦的时候，曾经去拜访年岁已高的安徒生，高斯希望看到的是一个英俊潇洒的老人，但现实恰恰相反，他在记载中说，站在面前的人如同一只大猩猩，一双关节松弛的长臂，一对大手和一张真的不怎么好看的面孔，但只要安徒生一说话，周围的一切似乎都变了，这位老人的身上马上会散发出一种优美的艺术旋律和内在的优雅气质，"只要他一说话，即使只是一个微笑，你就会感觉到，他的天赋飘逸在四周的空气里"②。

有时，他会带上剪刀，一边剪纸，一边讲童话故事，"他拿着剪刀和纸与孩子们在一起的时候，这位从小就希望当个演员的安徒生便完全进入了角色。根据故事情节的需要，他的眼睛会流下悲伤的泪水；会张着嘴大笑；还会低声细语让你毛骨悚然，或是高一声低一声地唱。突然，他的讲述和剪刀都停了下来，他用手小心地慢慢地把剪纸揭开。说不定他还对着纸吹了一口气，于是一幅奇妙的剪纸就诞生了。故事的结局会让孩子惊讶，剪出来的图形更是孩子们无

---

① ［丹］詹斯·安徒生. 安徒生传［M］. 陈雪松，刘寅龙，译. 北京：九州出版社，2005：188.
② ［丹］詹斯·安徒生. 安徒生传［M］. 陈雪松，刘寅龙，译. 北京：九州出版社，2005：188.

法想象的"①。他的剪纸奇异、丰富，充满原始艺术气质，是思想和潜意识的另一种表达方式，可与他的童话做互文性诠释。当剪纸与讲述同时进行时，这剪纸即成为他讲述艺术中的"旁出"，看似与童话无关，实则加强了讲述效果——安徒生本人与其剪纸艺术及讲述艺术的结合，本身即一种动人的场景，是安徒生作为艺术家的经典剪影和造型。

再者，他的许多童话故事都曾在各种场合反复朗读。如果尚未发表，安徒生会根据听众的反应加以修改。"读"是他创作过程的一部分。安徒生有时会在日记里写道：整天写作，舌头都累肿了。可见，实际的讲述是怎样参与了安徒生的童话创作。

可以说，安徒生的一生都在实践讲故事的艺术。就他而言，现场的讲述与纸上的写作同样重要，一样出自内心不可遏止的热情。

在他的童话故事中，出现了无数的故事讲述者，他们都是安徒生本人的化身：

> 祖母很老了，她的脸上有许多皱纹，她的头发很白。不过她的那对眼睛亮得像两颗星星，甚至比星星还要美丽。它们看起来是非常温和可爱的。她还能讲许多好听的故事。（《祖母》）

> 妈妈说，你能把你所看到的东西都编成童话，你也能把你所摸过的东西都讲成一个故事。（《接骨木树妈

---

① 林桦. 安徒生剪影 [M]. 北京：三联书店，2005：56.

妈》）

　　世界上没有谁能像奥列路却埃那样，会讲那么多的故事——他才会讲呢。（《梦神》）

　　干爸爸会讲故事，讲得又多又长。他还能剪纸和绘图。（《干爸爸的画册》）

　　在《小意达的花儿》中，大学生在给小意达讲述美丽的故事。

　　在《海的女儿》中，老祖母在给小人鱼讲述人类世界的故事。

　　《飞箱》中，商人的儿子是把讲故事作为订婚礼物的——由于他的故事太精彩了，他就赢得了公主——然而很不幸，他的箱子被烧掉了，他回不到土耳其的城堡里去了，只得"在茫茫的世界里跑来跑去讲儿童故事，不过这些故事再也不像他所讲的那个'柴火的故事'一样有趣"。

　　《枞树》里四个小耗子则缠着枞树讲储藏室的故事。

　　其外，燕子、麻雀、蜥蜴、风、月亮全都在安徒生的童话里充当那个故事讲述人。《拇指姑娘》的故事是由燕子讲给会写童话的人听的，《荞麦》的故事是从麻雀那儿听来的，《妖山》的故事是蜥蜴讲出来的，《没有画的画册》则全是月亮讲的……

　　本雅明推崇讲故事的艺术，他为讲故事这项工艺在现代社会的消失而叹息，因为现代人经验贫乏，而科技的发展亦完全改变了人与人之间交流的方式。但我们在重读安徒生童

话时，将再度感受到讲述时代的魔力，那种因时因地的交流
与对话，讲述者与听者之间相伴互动的情谊与氛围，极其
动人。

二、与听者建立亲密的互动关系

（一）突出"讲者"的在场感

安徒生以他的文字再现了那种有声音、有手势、有表
情、有现场互动感的亲切氛围。看看《豌豆上的公主》是怎
样结尾的：

> 因此那位王子就选她为妻了，因为现在他知道他得
> 到了一位真正的公主。这粒豌豆因此也就送进了博物
> 馆。如果没有人把它拿走的话，人们现在还可以在那儿
> 看到它呢。

这种叙述方式把"讲者"与"听者"的在场感强烈地突
显出来了。安徒生的讲述"欲望"和对于"听者"的情绪把
握都在这短短的结尾里得到了体现。

那种"请注意""请听""你大概知道"，这样的提请语
言在他的童话故事里时常出现，有时在开头，有时在结尾，
有时在讲述的中间——它们时时唤起"讲者"与"听者"共
在的在场感："你大概知道，在中国，皇帝是一个中国人，
他周围的人也是中国人。"（《夜莺》）

"请注意！现在我们要开始讲了。当我们听到这故事的结尾的时候，我们就会知道比现在还要多的事情，因为他是一个很坏的小鬼。他是一个最坏的家伙，因为他是魔鬼。"——这是《白雪皇后》的开头。"讲者"首先提请"注意"，之后在提到那个魔鬼的时候，"讲者"用三个短句在此"徘徊"了一下——"因为他是一个很坏的小鬼。他是一个最坏的家伙，因为他是魔鬼。"这种句式丝毫不考虑正统书面语所要求的"精致"，它在重复，在做强调，它服从于"讲者"对于"听者"的情绪把握，为的是让"听者"做好足够的准备来了解那个"最坏的家伙"——制造了使一切变形的镜子的魔鬼。而"听者"亦特别愿意接受这个悬念，他们觉察到了"讲者"带着很大的爱意在讲这个故事给他们听。

在《丑小鸭》中，他在情节的转折处直接暴露"讲者"的身份——因为在现场讲述当中，"讲者"时时会与他的"听者"做情绪上的交流与思想上的对话。安徒生充分考虑到他的小听众的情绪，便有了如下的插叙："要是只讲他在这严冬所受到困苦和灾难，那么这个故事也就太悲惨了。当太阳又开始温暖地照着的时候，他正躺在沼泽地的芦苇里。百灵鸟唱起歌来了——这是一个美丽的春天。忽然间他举起翅膀：翅膀拍起来比以前有力得多，马上就把他托起来飞走了。"

（二）突出"儿童听者"的在场感

安徒生还有一种唤起儿童读者在场感的方法，那就是，他在故事里时不时地说到孩子。有时拿孩子做比喻："小雏菊是那么快乐，好像这是一个伟大的节日似的。事实上这不过是星期一，小孩子都上学去了。当他们正坐在凳子上学习的时候，它就坐在它的小绿梗上向温暖的太阳光、向周围一切东西，学习了上帝的仁慈。"（《雏菊》）当安徒生描述小雏菊的快乐心情时，他就旁逸开去，以体贴的目光关注着到场的每一位听众，尤其是那些小听众。他要适时地把他们写到故事里，孩子们听到这里，一定欢喜得发出声音来，而且，经由孩子与雏菊的比拟，孩子们对于雏菊此时的心情和后来的遭遇就体会得不知要深多少倍。

又比如《亚麻》这篇："一棵亚麻开满了花。它开满了非常美丽的蓝花。花朵柔软得像飞蛾的翅膀，甚至比那还要柔软。这正好像孩子被洗了一番以后，又从妈妈那里得到了一个吻一样——使他们变得更可爱。太阳照在亚麻身上，雨雾润泽着它。亚麻也是这样。"当父亲、母亲或别的人代替安徒生重新朗读这个故事的时候，无论父亲、母亲还是听故事的孩子，一定能感觉到安徒生以怎样柔和的眼神在看着这一幕，因为他在他的文字里安排了不会轻易被人发现的亲子间的互动。当孩子听到"得到了一个吻"时，他怎能不要求他自己的妈妈也把他的脸蛋亲密地吻一吻。

有时安徒生直接让孩子参与到故事进展之中：

> 第二天早晨，小孩们都起来了。他们把锡兵移到窗台上去。不知是那妖精在搞鬼呢，还是一阵阴风在作怪，窗子忽然开了。锡兵从三楼倒栽葱地跌到地上来。
>
> （《坚定的锡兵》）

正在这时候，有一个小孩子拿起锡兵来，把他一股
劲儿扔进火炉里面去了。他没有说明任何理由：这当然
又是鼻烟壶里的那个小妖精在捣鬼。（《坚定的锡兵》）

有一天几个野孩子在排水沟里找东西——他们有时
在这里能够找到旧钉、铜板和类似的物件。这是一件很
脏的工作，不过他们却非常欣赏这类的事儿。

"哎哟!"一个孩子说，因为他被织补针刺了一下，
"原来是你这个家伙!"

"我不是一个家伙，我是一位年轻的小姐啦!"织补
针说。（《织补针》）

安徒生直接把现实中的孩子作为童话主人公的作品不算
太多，因为童话体裁可以使他寻找到无数孩子的象征物和替
代物。但安徒生仍然有意无意地要让他"眼前"的这个孩子
走到故事里去。经由这种方式，他把故事带入家庭，带入亲
子之间，使得家庭里成人和儿童之间亲密地互相交换经验以
及情感成为可能。

（三）再现生活原本的丰富性

讲述的方式突破了"严谨的结构"的限制，而能将生活
原本的丰富性带入到文学文本之中，也符合讲述现场所需要
的轻松氛围。

在《丑小鸭》中，安徒生写道：

最后，那些鸭蛋一个接着一个地崩开了。"噼!

噼!"蛋壳响起来。所有的蛋黄现在都变成了小动物。他们把小头都伸出来。

"嘎!嘎!"母鸭说。他们也就跟着嘎嘎地大声叫起来。他们在绿叶子下面向四周看。妈妈让他们尽量地东张西望,因为绿色对他们的眼睛是有好处的。"这个世界真够大!"这些年轻的小家伙说。的确,比起他们在蛋壳里的时候,他们现在的天地真是大不相同了。"你们以为这就是整个世界!"妈妈说,"这地方伸展到花园的另一边,一直伸展到牧师的田里去,才远呢!连我自己都没有去过!我想你们都在这儿吧?"

养鸭场里那么多的声音,可是养鸭场就是那样的!母鸭说了些什么呢?那正是一个妈妈要说的话:到处看看呀,因为绿色对眼睛很好。——这一点常识会使得孩子点头微笑,因为他们自己的妈妈也是这么说的。

小鸭子说,这个世界真够大!因为他刚从蛋壳里出来呀,因此鸭妈妈说,这地方一直伸到牧师的田里去,才远呢。孩子们读到这里,又要微笑了,因为他们知道,世界比这个大得多呢。于是,孩子们也因此于不知不觉之间上了一堂哲学课了。

再举两例看看:

"唔,情形怎样?"一只来拜访她的老鸭子问。"这个蛋费的时间真久!"坐着的母鸭说,"它老是不裂开。请你看看别的吧。他们真是一些最逗人爱的小鸭儿!都像他们的爸爸——这个坏东西从来没有来看过我一次!"

（《丑小鸭》）

鹳鸟妈妈和她的四个小孩子坐在里面。他们伸出小小的头和小小的黑嘴——因为他们的嘴还没有变红。在屋脊上不远的地方，鹳鸟爸爸在直直地站着。他把一只脚缩回去，为的是要让自己尝点站岗的艰苦。他站得多么直，人们很容易以为他是木头雕的。他想："我的太太在她的窠旁边有一个站岗的，可有面子了。谁也不会知道，我就是她的丈夫。人们一定以为我是奉命站在这儿的。这可真是漂亮！"于是他就继续用一只腿站下去。

（《鹳鸟》）

无论母鸭还是鹳鸟爸爸，他们的心情就是一个妻子和一个丈夫的心情。一个鸭妈妈和一个鹳鸟爸爸就该是这样的。安徒生将之写得极富人情味，充满真切的生活质感。安徒生强调，童话是从生活里来的。安徒生通过童话教给孩子们的，远不止课堂里的"思想分析"所能概括。读过安徒生童话，孩子们会觉得日常生活是多么温暖，多么生动而有趣！

（四）节奏犹如呼吸

有时，因为讲述的原因，而旁逸出一些似乎与故事整体格调不太协调的因素，如悲剧中的喜剧因素。对此，许多人常常觉得难以理解。可是，放在讲述艺术中来理解，我们就知道，安徒生是多么幽默！他像理解人的呼吸一样理解讲述技巧的核心：节奏。

必须有节奏。

《卖火柴的小女孩》中，安徒生在第一段里就把他深刻的同情心展现了出来："天冷极了，下着雪，又快黑了。这是一年的最后一天——除夕。在这又冷又黑的晚上，一个没戴帽子、没戴手套，也没穿鞋子的小女孩，在街上缓缓地走着。她从家里出来的时候还穿着一双拖鞋，但是有什么用呢？那是一双很大的拖鞋——那么大，一向是她妈妈穿的。她穿过马路的时候，两辆马车飞快地冲过来，吓得她把鞋都跑掉了。一只怎么也找不着，另一只叫一个男孩捡起来拿着跑了。他说，将来他有了孩子可以拿它当摇篮。"这里对那个突然而至的男孩以及他的举动的描写，含有一种幽默，是对信心的一种暗示。因为真正的绝望里是没有这种轻松和幽默的。

安徒生把小女孩的孤独、冻饿、惊慌失措都表现出来了。那个小男孩——并不是因为当时丹麦的孩子穷到连双鞋都买不起——而是好玩，是恶作剧。事实上这双她妈妈一直穿着的拖鞋能好到哪里去呢，穿与不穿又有什么区别呢。可是在"听者"听来，便不由得对小女孩"雪上加霜"的遭遇有了更深的同情，同时不至于绝望，因为安徒生的表达里充满了幽默。那是一种暗示。

安徒生在描写丑小鸭时不断地用到了这种旁逸出来的幽默："天快要暗的时候，四周才静下来。可是这只可怜的小鸭还不敢站起来。他等了好几个钟头，才敢向四周望一眼，于是他急忙跑出这块沼泽地，拼命地跑，向田野上跑，向牧场上跑。这时吹起一阵狂风，他跑起来非常困难。到天黑的时候，他来到一个简陋的农家小屋。它是那么残破，甚至不知道应该向哪一边倒才好——因此它也就没有倒。"最后一句话是安徒生独有的幽默。这种幽默里含有诗意，含有对人生境况的理解与同情，最重要的是，其中含有信心。同时，使得整个讲述形成一种张弛有度的节奏，使人产生含泪的笑。

安徒生讲述故事的方式突破了一切桎梏，以新的视角重新诠释了文学应该讨论儿童以及如何与儿童交流。同时，他以"说"代替"写"，意在复活童年记忆，重新捡拾起一个失落的传统——口传故事的传统。

工业时代的到来结束了农耕时代口传故事的传统，民间童话突然就从格林兄弟所说的暖炉的四周、厨房的灶台、通向阁楼的楼梯、至今还在庆祝的节日、寂静的牧场与森林……消失了。也就是说，到了 18 世纪末与 19 世纪之交，人们已经真切地感受到一种值得珍视的、联系着从前的事物就要消失了，这个事物即动态的民间童话——有场景、有氛围、有讲者、有听者的民间口传童话。民间童话从此以静态的形式进入文化遗产的序列。因此，人们才急于打捞，急于挽救，才大范围内响起了"回到中世纪""回到民间"的口号。整个浪漫主义哲学都建立在个体对逝去年代的怀念之上。但安徒生并未停留在格林兄弟的工作之中，而是以自己的方式来表达对讲述时代的敬意。

安徒生以现代文字再现讲述氛围，儿童是他的读者，也是一种修辞，童年的意义就在眼前的儿童与心中的儿童及整个时代对于儿童的想象等不同的维度上显示出来。他的故事是亲切的，是温暖柔软的经典，而不是威严冷峻的经典。

第三章

 安 徒 生 的 双 重 表 达

　　由于安徒生那天然的孩子声调，那自由出入于赋予了灵魂的动植物和平常物象之间的能力，那永不厌弃奇迹、使一切趋于美善的品性，使他成为儿童文学的开创性人物。但安徒生童话绝不仅仅属于儿童。安徒生最杰出的才华在于，他那看似简单的语言，包含真正的诗意。他能将宇宙万象以最直接、最简洁的方式传达给孩子，又能以纯朴如儿童本色的语言，表达关于人类丰富的心灵以及对万千世态的深长意味。那初始与世界相遇的"惊奇"能力，对于万物衷肠的体察，对于童年天真力量的发现，以及对于现实局限性的同情和对于永恒的矢志不渝的追寻，这一切因素的综合使得他的童话故事获得了真正的"诗"的品质。于是，在一个简单明了而又意味深长的文本里，儿童在其中看到事物的神奇品性，看到荡漾在神奇事物里的欢乐和柔情，而大人则从中看到已经逝去的童年，看到诗，看到事物底部的秘密。

童年是一种普遍性的生命经验，童年不仅仅属于孩子，也属于成人。所有的成人都曾是孩子，而所有的孩子都将走向成人。不要为成人读童书而感到惊诧，要为之惊羡——岁月的沧桑没有杀死他心中的梦想和童年。安徒生"利用自己魔幻一般的语言方式，对着孩子以及隐藏在成人内心深处的孩子直抒胸臆"[①]，其童话故事具有鲜明的双重表达的特征。

"儿童生命经验"与"成人生命经验"是观察安徒生童话的双重视角。

在简洁的语言里进行复调式的意义传达的能力，也使得安徒生笔下的"儿童世界"变得深邃而博大。儿童读者和成人读者各取所需而又相互对话，构成繁复的意义景观。

---

① ［丹］詹斯·安徒生. 安徒生传［M］. 陈雪松，刘寅龙，译. 北京：九州出版社，2005：199.

第一节

"童话成了成人和孩子都可以读的东西"

"讲给孩子们听"——与其说是一种预先设定的目标形式，还不如说是一种叙事策略，一种文学表达方式，是冲动而不是意向的产物。正如罗兰·巴特所言："文体是属于作家的'东西'，它绝不是选择的产物和对文学思索的产物，它是惯例的隐私部分，产生于作家神秘的深处。""文体按其本意来说，是一种萌发现象，它是气质的蜕变。"[①] 对安徒生而言，天真的讲述是他独到的"发现"，合于他的气质、梦想和情调。也即，安徒生所使用的纯朴如儿童本色的语言，不是要讨好眼前的儿童，而是他的美学观的具体化：价值体现在原初的、自然的事物里。正如安徒生所言："我的故事

[①] ［法］R. 巴特. 符号学美学［M］. 董学文，王葵，译. 沈阳：辽宁人民出版社，1987.

所用的语言是以民间语言为基础的，这就是我的丹麦特性所在。"① 安徒生通过给儿童讲故事，来实践他的美学观，而他与儿童沟通的天赋能力使得他在实践他的美学观的同时，把儿童读者的地位放置到了前所未有的高度。

然而，安徒生童话在儿童阅读领域所产生的热情回应，长期以来使得许多人都想当然地认为他的童话仅仅是孩子读物。安徒生终其一生都在为这种偏见做解释。在年老的时候，安徒生强烈反对那些在他身边环绕着一群孩子的雕像设计，并认为这是对他极大的误解。他在写给约拿斯·科林的信中说："昨晚，萨阿拜伊又来见我。我气愤到了极点，明确而毫不含糊地说没有一个雕塑家了解我，他们企图表明他们根本没有发现或意识到我的特点，即如果有谁坐在我身后或在我面前斜靠着身子，我决不会朗读，如果让孩子们坐在我的膝盖上或骑在我的背上，或让哥本哈根的小男孩们斜躺在我面前，我更不会这样做，我说那只是我被人说成'儿童作家'时的一种谈话方式，我的目的是成为一个为所有年龄的人写作的作家，因此儿童不能代表我。"② 安徒生又说，"我抓住一种对成年人的印象，然后把它告诉孩子们。我在写一个讲给孩子们听的故事时，我永远记住他们的父母也在旁边听。因此，我也得给他们一点东西，让他们想想。"③ 欧林·尼尔森说，安徒生对年轻读者发出的这一呼吁是一种使

① ［丹］伊莱亚斯·布雷斯多夫. 从丑小鸭到童话大师——安徒生的生平及著作［M］. 周良仁，译. 哈尔滨：黑龙江人民出版社，2005：318.
② ［丹］伊莱亚斯·布雷斯多夫. 从丑小鸭到童话大师——安徒生的生平及著作［M］. 周良仁，译. 哈尔滨：黑龙江人民出版社，2005：318.
③ ［丹］安徒生. 我的一生［M］. 李道庸，薛蕾，译. 成都：四川少年儿童出版社，1983：239.

庆幸与不幸兼而有之的灵感。说它庆幸，是因为这一呼吁使他依赖象征的东西到处获得理解；说它是不幸，是因为它导致了一种误解，认为这些童话故事仅仅是为了孩子们①。

事实正是如此。在丹麦以外的国度，安徒生首先是作为儿童文学作家来对待的。因此，大多数人在论述安徒生的全部童话时，所指的常常是安徒生早期的那些作品。"童话成了儿童文学的一部分——这种情形一直延续下来没有改变"，即便是在丹麦，人们都知道安徒生不仅仅为孩子而写作，但"安徒生在绝大多数情况下依然只是用来给孩子们朗读"②。实际的情形是，安徒生从来没有在一个简单的"为儿童而写""被儿童所读"的儿童文学概念下进行写作。或者说，他在改写历史：儿童文学也可以成为自我表达的一种方式——对安徒生而言，恰恰是最理想的方式。正如安徒生所说的："我的才华找到了全新的出发点。"③

安徒生近 40 年的童话创作轨迹表明安徒生所遵循的是艺术自身的规律。他戴着童稚的面具讲述真实的自我，时而活泼，时而富于深思，时而天真，时而狡黠，面部表情变化万千，悲剧喜剧交替进行，使得童话文本富有张力，于童言稚语中言说难以言说的生命体验。

为了更清楚地了解安徒生的创作观，我们来看看安徒生在他的自传中是如何陈述他的童话创作动机的。

---

① ［丹］欧林·尼尔森. 汉斯·克里斯琴·安徒生. 郭德华，译. 北京：中国对外翻译出版公司，1988：93.

② ［丹］约翰·迪米留斯. 安徒生——童话作家、诗人、小说作家、剧作家、游记作家［M］// ［丹］安徒生. 安徒生文集. 林桦，译. 北京：人民文学出版社，2005：2.

③ ［丹］安徒生. 我生命的故事［M］. 黄联金，陈学凤，译. 北京：中国档案出版社，2002：201.

安徒生在 1835 年至 1841 年间出版的最初的 6 本童话集都题名为《讲给孩子们听的童话》。之后就删去了"讲给孩子们听的"这几个字。安徒生说："人们认为这样的作品没有什么价值","认为我刚刚在《即兴诗人》中迈出了可喜的一步，现在不该又退回原位写像童话故事这样幼稚的作品。我的才华找到了一个全新的出发点，这原本是件值得人们赞许和鼓励的事情，但我却不仅什么也没有得到，还遭到了谴责。几个我原本十分信赖的朋友都建议我以后绝对不要再写什么童话了；大部分人认为我缺乏创作童话的天赋，童话也和我们的时代格格不入；还有一些人认为，如果我一定要试一试，那就必须先研究法国的童话。""然而，那些童话的构思在我的脑海里栩栩如生，让我无法停笔。在第一本童话集中，我只是像穆塞乌斯那样把我孩提时代听过的童话用自己的语言写出来。我知道那至今仍回荡在我耳际的语言应该是最自然的表达方式，但同时，我也十分清楚那些学识渊博的评论家肯定会批判这种语言。因此，为了让人们有点心理准备，我把这些童话称为《讲给孩子们听的童话》，虽然，我的本意是，这些童话的对象可以是孩子，也可以是成人。"①

从安徒生的自述里，我们清楚地看到，他写作童话的出发点并非我们一厢情愿所想象的那样——安徒生想起那些和他一样穷苦孤独的孩子，他们是最需要创作的，因此要为他们而写作。安徒生之所以采用"平常我和孩子讲故事时使用的方式"，并在刚开始出版童话的时候，将之题名为"讲给

---

① ［丹］安徒生. 我生命的故事 ［M］. 黄联金，陈学凰，译. 北京：中国档案出版社，2002：201.

孩子们听的"，应是一种文体的自觉选择，也是应对批评界的一种策略。他说："我把第一本童话集称为《讲给孩子们听的童话》。我的讲述方式就是平常我和孩子们讲故事时使用的方式，我得出结论：每个年龄段的人对这种方式都很满意。孩子们很喜欢那些装饰性的华丽的描述，而成人则对童话中隐含的寓意更感兴趣。童话成了成人和孩子都可以读的东西，我相信，这也正是现代童话作者的奋斗目标。他们找到了进入童话的大门，在童话里发现了坦率与真诚。因此，我删去了'讲给孩子们听的'这几个字，又出版了三本《新童话集》……"①

可见，安徒生式的叙述方式是安徒生自觉选择的一种叙事策略，反映了作家独特的观察世界、体验世界、表现世界的方式，以及作家独特的思维方式和精神结构。安徒生之所以选择它，是因为它是一种响在耳际的"最自然的表达方式"，是因为它合于"双重表达"——"对着孩子以及隐藏在成年人心中的那个孩子直抒胸臆"②，所以"每个年龄段的人对这种方式都很满意。孩子们很喜欢那些装饰性的华丽的描述，而成人则对童话中隐含的寓意更感兴趣"③。

因此，1843 年出版第七部童话集时，安徒生将之题为《新童话集·第一集》（包括《恋人》《夜莺》《丑小鸭》和《安琪儿》）。安徒生删去了他在前六集中一直使用的"讲给

---

① ［丹］安徒生. 我生命的故事 ［M］. 黄联金，陈学凰，译. 北京：中国档案出版社，2002：202.
② ［丹］詹斯·安徒生. 安徒生传 ［M］. 陈雪松，刘寅龙，译. 北京：九州出版社，2005：99.
③ ［丹］安徒生. 我生命的故事 ［M］. 黄联金，陈学凰，译. 北京：中国档案出版社，2002：202.

孩子们听的"这个定语，而增加了一个"新"字。"安徒生的这个举动更明确地传达了他写童话的意图——他的童话不仅是写给孩子们看的，它也标志着安徒生终于找到最能容许他驰骋的文学形式。"① 1843 年到 1848 年的 6 年里，安徒生发表了 5 部"新童话"集。在 1848 年到 1852 年丹麦德国之间三年战争期间，安徒生没有发表过童话，用安徒生的话来说，童话不再来了，它为什么不来？因为外面有战争，家里又有战争带来的悲伤和匮乏。②

　　1852 年 4 月 5 日，安徒生的《故事集》出版。之后的创作安徒生不再称为童话，而直接名为"故事"（eventyr），安徒生说："我把后来出版的几本集子称为《故事》，这并不是随意取的一个名字，而是我后来的作品更大意义上应当称为'故事'，用'故事'这个名称才足以概括我后来写的童话和故事。"③ 他又说："这个名字在我们的语言里，我觉得更贴切地表明我的'童话'的范围和性质，在普通老百姓的语言里简单的故事和最大胆的幻想都可以归到这个名字之下，给幼儿讲的寓言和故事，在儿童、农民、在普通人的口里都有一个简短的名字：故事。"④

　　从"讲给孩子们听的童话"到"新童话"，再到"故事"，名称的更迭反映了"安徒生在童话创作领域里越来越

---

① 林桦. 安徒生文集·总序［M］// ［丹］安徒生. 安徒生文集. 林桦，译. 北京：人民文学出版社，2005：36.
② 林桦. 安徒生文集·总序［M］// ［丹］安徒生. 安徒生文集. 林桦，译. 北京：人民文学出版社，2005：36.
③ ［丹］安徒生. 我生命的故事［M］. 黄联金，陈学凤，译. 北京：中国档案出版社，2002：204.
④ ［丹］安徒生. 我生命的故事［M］. 黄联金，陈学凤，译. 北京：中国档案出版社，2002：204.

自由地发展着"①，也反映了安徒生前后期创作风格的变化。相比较而言，孩子们更喜欢他的前期创作，但不管是前期创作，还是后期创作，安徒生始终在进行双重意义的传达，童稚性与幽默并行不悖，浅语与深意相辅相成，儿童在其中看到万物惊奇，得到有关人生与宇宙知识的引领，成人在其中看到已经逝去的童年，看到万千世态与复杂幽微的人生体验。

---

① 林桦. 安徒生文集·总序 [M] // [丹] 安徒生. 安徒生文集. 林桦，译. 北京：人民文学出版社，2005：36.

第二节
轻 与 重

　　安徒生式的叙述方式把安徒生对世事的嘲讽和人生的难言处境以隐蔽的、柔和的、天真的、超脱的方式表达出来。在涉及如阶级差异、人际隔膜、爱情、友谊、母爱、美与艺术、自我确认、对永恒与不朽的追求等更多属于成人的主题时，安徒生总是把成人所了解的精神实质以儿童所能体会、所能看见的、有形的物象来展现。这时候，"照着跟孩子讲故事一样写下来"的叙述方式表现为一种"轻"，以轻蕴重，恰是卡尔维诺所推崇的轻逸美学的体现，显示了童话文类特有的美学魅力。

　　在流畅无比的讲述里，我们有时会发现安徒生略略变了语调在说话："现在他有钱了，有华美的衣服穿，交了很多朋友。这些朋友都说他是一个稀有的人物，一位豪侠之士。

这类话使这个兵听起来非常舒服。不过他每天只是把钱花出去，却赚不进一个来。所以最后他只剩下两个铜板了。因此他就不得不从那些漂亮房间里搬出来，住到顶层的一间阁楼里去。同时他也只好自己擦自己的皮鞋，自己用缝针补自己的皮鞋了。他的朋友谁也不来看他了，因为走上去要爬很高的梯子。"（《打火匣》）这样的句子完全是天真与幽默的结合体，传达了安徒生对于世事的洞察及对人性弱点的嘲讽与包容。

在《皇帝的新装》中，安徒生以杰出的幽默才能和天才的想象力塑造了一个具有纯正喜剧感的丑角。安徒生极写皇帝的丑，所针对的却是芸芸众生和普遍人性，并且告诉我们每一个人，我们并不比这戏剧场上的任何一个角色来得高明。因此，这部戏才强烈地震撼了我们。为何做一个敢说真话的人竟是如此之难，那是因为我们离自然状态越来越远。你看那天真无邪的孩子，唯有他无所顾忌地叫出声来："可是他什么衣服也没有穿呀！""上帝哟，你听这个天真的声音！"爸爸说。于是大家把这孩子讲的话私自低声地传播开来。你听这个天真的声音！——这就是安徒生在这个故事中最终要说的话。"他实在是没有穿什么衣服呀！"最后所有的老百姓说。可见，天真的声音产生了效力，连皇帝——这位可怜的皇帝也微微发起抖来，因为他似乎觉得老百姓所讲的话是对的。不过他自己心里却这样想："我必须把这游行大典举行完毕。"他再次明确地意识到自己的局限，意识到自己已经成为一个笑料，但喜剧的要求使他必须将自己的角色演完。事情的结局应该是，没有谁像皇帝那样羞愧自己的盲从。但我们只顾着去指责他了，而没有充分意识到，正是在皇帝身上，我们指认出自己的影子。天真无邪而又力透纸背，孩子天真的声音将童话的轻逸之美传达到极致。

《丑小鸭》《织补针》《衬衫领子》《甲虫》《恋人》《跳高者》《牧羊女和扫烟囱的人》《铜猪》《小鬼和小商人》《园丁和主人》《看门人的儿子》等童话也非常典型地体现了这一特点。在《恋人》中，安徒生描写了陀螺与球的爱情，当球跳到空中再也没有回来时，陀螺猜想着他的恋人一定是跟燕子结婚了。陀螺越想着这事，就越怀念着球儿。正因为他得不到这只球，他对她的爱情就越发加深。可是当球因被水浸涨了而变得十分难看时，"陀螺再也不说他的旧恋了，因为，当爱人在屋顶上的水笕里待了五年，弄得全身湿透的时候，'爱情'也就无形地消逝了。"此处安徒生是何等犀利。

在《跳高者》中，安徒生在一个非常简洁的故事里描绘了一种深刻的世俗哲学：

> "好，我什么也不再讲了！"老国王说，"我只须在旁看看，我自己心中有数！"
>
> 现在它们要跳了。跳蚤跳得非常高，谁也看不见它，因此大家就说它完全没有跳。这种说法太不讲道理。
>
> 蚱蜢跳得没有跳蚤一半高。不过它是向国王的脸上跳过来，因此国王就说，这简直是可恶之至。
>
> 跳鹅站着沉思了好一会儿；最后大家就认为它完全不能跳。
>
> "我希望它没有生病！"宫里的狗儿说，然后它又在跳鹅身上嗅了一下。"嘘！"它笨拙地一跳，就跳到公主

的膝上去了。她坐在一个矮矮的金凳子上。

国王说："谁跳到我的女儿身上去，谁就要算是跳得最高的了，因为这就是跳高的目的。不过能想到这一点，倒是需要有点头脑呢——跳鹅已经显示出它有头脑。它的腿长到额上去了！"

所以它就得到了公主。

在这些童话中，安徒生像个顽童，他是恶作剧的，又是睿智的，并且充满了同情心。

安徒生是一个诗人，也是一个哲人，同时还是一个孩子，这就是他的力量的根源。

第三节
隐 喻 与 象 征

　　安徒生是一个讲故事的高手，他使用了自《圣经》以来广泛运用的叙述模式：即以故事隐喻抽象的观念。

　　在《小鬼和小商人》中，小鬼在诗集与粥之间难以取舍，隐喻了每个人都要面临的精神与物质的取舍两难。小鬼说："我得把我分给两个人"，"为了那碗粥，我不能舍弃那个小商人"。这种隐喻与象征模式的建立，在《白雪皇后》《聪明人的宝石》《癞蛤蟆》《演木偶戏的人》《守塔人奥列》《幸运的套鞋》《影子》《枞树》等作品中都体现得非常鲜明，不但令成人深思，也于儿童了解人生奥秘有益。

　　比如在《白雪皇后》中，魔鬼与魔镜是骄傲的象征。骄傲就意味着失去天真之心，失去天真之心就意味着失去谦卑之心，失去谦卑之心就意味着迷失和堕落。格尔达则是天真的象征。天真的力量大过其他一切的力量，所以格尔达能到达白雪皇后的冰雪宫殿，所以她的泪水能融化加伊心中的冰块，魔镜的碎片也将随着泪水流出来，加伊因此重返童真，回到幸福的"伊甸园"。

隐喻的本质是以另一件事或经验来理解和经历这一件事或经验。隐喻说明的相关性、相似性及整体把握的方式能达到理性无法企及的境界。隐喻是对现实的诗性解释，以隐喻方式向我们指明的，远比道德格言更能深入人心。童话以象征性隐喻的方式来暗示儿童面临的成长问题，也"使童话具有了一种超越儿童感知水平的限制而争取到一个比较博大的美学空间的深刻意味"[①]。

在《小意达的花儿》中，小意达的花儿们说："叫她把我们埋葬在花园里——那个金丝雀也是躺在那儿的。到明年的夏天，我们就又可以醒转来，长得更美丽了。"——这既是一个孩子的幻想和梦境，同时也隐喻生命的要义，死亡并不是真正的消逝，而是生命的另一种形式。

在《拇指姑娘》中，当拇指姑娘与鼹鼠的婚礼就要举行的时候，安徒生写道："她得跟他生活在一起，住在深深的地底下，永远也不能到温暖的太阳光中来，因为他不喜欢太阳。"——安徒生把自然和精神完全融合在一起，喻体与本体结合得天衣无缝，"深深的地底下"与"阳光中"所隐喻的是两种生活方式，两种人情世态，两种世界观，两种精神境界。拇指姑娘的现实处境与精神绝境得以在这种对比中完

① 刘守华，黄永林. 民间叙事文学研究［M］. 武汉：华中师范大学出版社，2005：425.

完整整地呈现出来了。孩子们读到这样的地方，总是同情不已。

在《海的女儿》中，安徒生把自我超越的困局喻为小人鱼从海底世界进入陆上世界，又把爱情之痛隐喻为轻柔的步子"踩在刀尖"上："把这服药吃掉，于是你的尾巴就可以分作两半，收缩成为人类所谓的漂亮腿子了。可是这是很痛的——这就好像有一把尖刀砍进你的身体。凡是看到你的人，一定会说你是他们所见到的最美丽的孩子！你将仍旧会保持你像游泳似的步子，任何舞蹈家也不会跳得像你那样轻柔。不过你的每一个步子将会使你觉得好像是在尖刀上行走，好像你的血在向外流。"——喻体与本体结合得如此之完美，连儿童读之也深受震动。

写丑小鸭时，只一句话就传达整个故事的要义，就建立起关于成长的隐喻模式："只要你曾经在一只天鹅蛋里待过，就算你是生在养鸭场里也没有什么关系。"

在《影子》中，影子从主人身边走开后成为一个在社会关系中强有力的"人物"，而影子的真正主人，那位研究真善美的学者，却变得苍白无力。于是，影子成为学者的主人，称学者为"你"，而让学者称影子为"您"，并且把学者视为"影子"。最后，影子借公主之手把学者杀死了。这个故事，是对社会现实的尖锐批评——假丑恶杀死了真善美，同时包含强大的潜意识内容。影子也可以看成是个人内部产生的异化物，这个异化物过于强大，最后把真正的自我杀死了。在艺术表现上，《影子》完全预示了卡夫卡时代的到来。

这种描述反映了安徒生以象征隐喻的方式描写现实的能力以及潜入自我深处的能力。

安徒生有许多写母爱的故事，《母亲的故事》是其中的典范。象征、隐喻手法将母爱的深度传达到了极致。这是一个深受人们喜爱的作品。安徒生七十岁生日的时候，他的家乡欧登塞为他准备的许许多多生日礼物中，用 15 种语言出版的《母亲的故事》应该给了安徒生极大的惊喜。

死神把孩子带走了，雪地上穿黑袍的女人说：他跑起来比风还快，凡是他所拿走的东西，他永远也不会再送回来。可怜的母亲说："请把方向告诉我，我要去找他！""我知道！"穿黑衣服的女人说，"不过在我告诉你以前，你必须把你对你的孩子唱过的歌都唱给我听一次。我非常喜欢那些歌；我从前听过。我就是'夜之神'。你唱的时候，我看到你流出眼泪来。"

母亲便痛苦地扭着双手，唱着歌，流着眼泪，直到夜之神告诉她死神离去的方向。她被一丛荆棘挡住了去路。她问："你看到死神抱着我的孩子走过去没有？""看到过。"荆棘丛说，"不过我不愿告诉你他所去的方向，除非你把我抱在你的胸脯上温暖一下。我在这儿冻得要死，我快要变成冰了。"

于是她就把荆棘丛抱在自己的胸脯上，抱得很紧，好使它能够感到温暖。荆棘刺进她的肌肉；她的血一滴一滴地流出来。但是荆棘丛长出了新鲜的绿叶，而且在这寒冷的冬夜开出了花，因为这位愁苦的母亲的心是那么的温暖！于是荆棘丛就告诉她应该朝哪个方向走。

她来到了一个大湖边。湖上既没有大船，也没有小舟。湖上还没有足够的厚冰可以托住她，但是水又不够浅，她不能涉水走过去。不过，假如她要找到她的孩子的话，她必须走过这个湖。于是她就蹲下来喝这湖的水；但是谁也喝不完这水的。这个愁苦的母亲只是在幻想一个什么奇迹发生。"不成，这是一件永远不可能的事情！"湖说，"我们还是来谈谈条件吧！我喜欢收集珠子，而你的眼睛是我从来没有见到过的两颗最明亮的珠子。如果你能够把它们哭出来交给我的话，我就可以把你送到那个大的温室里去。死神就住在那儿种植着花和树。每一棵花或树就是一个人的生命！"

"啊，为了我的孩子，我什么都可以牺牲！"哭着的母亲说。于是她哭得更厉害，结果她的眼睛坠到湖里去了，成了两颗最贵重的珍珠。湖把她托起来，就像她是坐在一个秋千架上似的。这样，她就浮到对面的岸上去了。

看管死神温室的老太婆说："假如我把你下一步应该做的事情告诉你，你打算给我什么酬劳呢？""我没有什么东西可以给你了，"这个悲哀的母亲说，"但是我可以为你走到世界的尽头去。"

"我没有什么事情要你到那儿去办，"老太婆说，"不过你可以把你又长又黑的头发给我。你自己知道，那是很美丽的，我很喜欢！作为交换，你可以把我的白头发拿去——那总比没有好。"

"如果你不再要求什么别的东西的话，"她说，"那么我愿意把它送给你！"

就这样，可怜的母亲比死神更快地来到死神的温室里。这时死神进来了："你怎么找到这块地方的？"他说，"你怎么比我还来得早？""因为我是一个母亲呀！"她说。

母亲无法凭自己的意志预知孩子的未来，也无法接受牺牲别的孩子而使别的母亲感到同样的痛苦这一后果，最后，母亲只能在无尽的痛苦和虔诚的祈祷中把孩子交给了上帝的意志。

这个故事以象征的方式诠释了何谓母爱。母爱是歌声，是眼泪，是胸口的痛，是把黑发换白发，是比死神更快的速度。安徒生所使用的象征意象是那样暗合人性的本原，母爱的深度与强度就以具体可见的方式再现出来，继而获得了普遍意义，感动了全世界人的心。

童话是象征、隐喻的艺术，安徒生通过一个个孩子能理解的童话故事传达着个体复杂的存在体验。

第四节
言 说 难 以 言 说 的 存 在 体 验

　　安徒生把个人的存在体验隐藏在一个个或大或小的喻体里。童话表达的隐喻相关性使得他的故事走向自我象征，走向普遍人性。

　　《豌豆上的公主》是一个喻体与本体陌生化程度相当高的童话。那位无比敏感的公主就是安徒生自己，但安徒生把自己隐藏得那么深，以至于人们常常以为这是一个"没有意义"的故事。然而，实在没有其他任何故事能把一个人的敏感写到这样深切的程度。所以，安徒生的口气显得很神秘，也很得意，他说："请注意！这是一个真的故事。"是的，安徒生自己就是一个极其敏感的人，他曾在写给爱德华·科林的信中说："我像一潭水，什么东西都能搅动我，一切事物都能在我身上反映出来，这是我诗人的天性的一面。我时常为此而高兴，感到幸福，但是，这常常也是一种痛苦。"①

有时，安徒生直接让主人公处于不能说或无法说的境地中，以传达存在体验的难以言说。比如对孤独的体验。

《拇指姑娘》是安徒生早年的童话。拇指姑娘的遭遇是安徒生内心的真实体验，这种体验首先出现在金龟子小姐们的对话里：

> 金龟子小姐们竖了竖触须，说：
>
> "嗨，她不过只有两条腿罢了！这是怪难看的。"
>
> "她连触须都没有！"她们说。
>
> "她的腰太细了——呸！她完全像一个人——她是多么丑啊！"所有的女金龟子们齐声说。
>
> 然而拇指姑娘确是非常美丽的。甚至劫持她的那只金龟子也不免要这样想。不过当大家都说她是很难看的时候，他最后也只好相信这话了，他也不愿意要她了！

安徒生在这一段中要传达的生命体验将在别的童话文本里不断重现，因此，这一体验可以看成是安徒生最深沉的生命体验之一，即自我与他者、个体与个体之间的差异问题，以及美与庸俗的隔膜。在金龟子小姐们眼里，拇指姑娘是个异类。同样，在田鼠和鼹鼠看来，也无法理解燕子的歌声——因此，鼹鼠说："生来就是一只小鸟——这该是一件多么可怜的事儿！谢天谢地，我的孩子们将不会是这样。像这样的一只鸟儿，什么事也不能做，只会叽叽喳喳地叫，到

① 林桦. 安徒生剪影［M］. 北京：三联书店，2005：54.

了冬天就不得不饿死了!"(《拇指姑娘》)

而不幸掉落到船上来的鹳,则是母鸡、吐绶鸡、鸭子们眼中的异类:

> "你们看看这个家伙吧!"母鸡婆们齐声说。
>
> 于是那只雄吐绶鸡就装模作样地摆出一副架子,问鹳鸟是什么人。鸭子们后退了几步,彼此推着:"叫呀!叫呀!"
>
> 鹳鸟告诉它们一些关于炎热的非洲、金字塔和在沙漠上像野马一样跑的鸵鸟的故事。不过鸭子们完全不懂得它所讲的这些东西,所以它们又彼此推了几下!
>
> "我们有一致的意见,那就是它是一个傻瓜!"
>
> "是的,它的确是很傻。"雄吐绶鸡说,咯咯地叫起来。
>
> 于是鹳鸟就一声不响,思念着它的非洲。(《梦神》)

母鸡、吐绶鸡、鸭子们象征的是天才人物所处的鄙陋环境,鹳鸟是安徒生的自我象征。母鸡、吐绶鸡、鸭子们认为"非洲"只是鹳鸟的幻想,鹳因此只能"一声不响,思念着它的非洲"。——"一声不响"是安徒生的作品主人公面对巨大的隔阂时所采取的基本生存姿态。这种姿态是基督教徒式的姿态,反映了基督教对安徒生的影响,也基于处境的特异性:无法说,说了也没有人听,说了也没有人懂。

> "你在起什么念头?"母鸡问,"你没有事情可干,

所以你才有这些怪想头。你只要生几个蛋，或者咪咪地叫几声，那么你这些怪想头也就会没有了。"

"不过，在水里游泳是多么痛快呀!"小鸭说，"让水淹在你的头上，往水底一钻，那是多么痛快呀!"

"是的，那一定很痛快!"母鸡说，"你简直在发疯。你去问问猫儿吧——在我所认识的一切朋友当中，他是最聪明的——你去问问他喜欢不喜欢在水里游泳，或者钻进水里去。我先不讲我自己。你去问问你的主人——那个老太婆——吧，世界上再也没有比她更聪明的人了! 你以为她想去游泳，让水淹在她的头顶上吗?"

"你们不了解我。"小鸭说。

"我们不了解你? 那么请问谁了解你呢? 你决不会比猫儿和女主人更聪明吧——我先不提我自己。孩子，你不要自以为了不起吧! 你现在得到这些照顾，你应该感谢上帝。你现在到一个温暖的屋子里来，有了一些朋友，而且还可以向他们学习很多的东西，不是吗? 不过你是一个废物，跟你在一起真不痛快。你可以相信我，我对你说这些不好听的话，完全是为了帮助你呀! 只有这样，你才知道谁是你的真正朋友! 请你注意学习生蛋，或者咪咪地叫，或者迸出火花吧!"

猫与母鸡神经质般的态度反衬出丑小鸭无法通过沟通而达成相互理解。整部《丑小鸭》写的都是丑小鸭如何与孤独相处。

丑小鸭与他者之间的难以沟通贯穿整个故事的始终。安徒生把个体与个体之间无法沟通的存在本质上升到了哲学的高度：天鹅蛋生在养鸭场，是个体成长必经的考验。

> 别的鸭子站在旁边看着，同时用相当大的声音说："瞧！现在又来了一批找东西吃的客人，好像我们的人数还不够多似的！呸！瞧那只小鸭的一副丑相！我们真看不惯！"于是马上有一只鸭子飞过去，在他的脖颈上啄了一下。
>
> "请你们不要管他吧，"妈妈说，"他并不伤害谁呀！"
>
> "对，不过他长得太大、太特别了，"啄过他的那只鸭子说，"因此他必须挨打！"
>
> "那个母鸭的孩子都很漂亮，"腿上有一条红布的那个母鸭说，"他们都很漂亮，只有一只是例外。这真是可惜。我希望能把他再孵一次。"

这就是丑小鸭所处的环境。在这个环境里，他是一个例外，是一个异类——无论在外形上还是精神上。所以，他不知如何是好，觉得"非常悲哀""丧气"，只有出逃，不断地出逃。就这样，他来到了一个农家小屋。这里只住着老太婆、一只猫和一只母鸡，但与养鸭场没有本质上的区别：

> "你能够生蛋吗？"她问。
>
> "不能！"
>
> "那么就请你不要发表意见。"
>
> 于是雄猫说："你能拱起背，发出咪咪的叫声和迸出火花吗？"

"不能!"

"那么,当有理智的人在讲话的时候,你就没有发表意见的必要!"

因为母鸡和猫都只有单一视角,丑小鸭想游泳的渴望就无法得到理解。

作为一个真正的"局外人",安徒生对于真理的主观性有着非常深刻的体认。他出生在社会最底层——欧登塞一个贫穷的鞋匠家庭,他的父亲甚至连带徒弟的资格都没有,是所谓的"自由师傅",属于社会最底层。祖父是个疯子,母亲的家系里有许多难以启齿的阴影——包括他的同母异父的姐姐,以及他的姨妈等等都与底层人堕落的生活有关。安徒生对这些家庭背景讳莫如深。而他独自一人在哥本哈根奔赴他的前程的时候,尽管他取得了形式上的绝对胜利,往来于王公贵族之间,但他终生只作为"局外人"而存在。他对"局外人"的体验是根本性的。

丑小鸭说:"我想我还是走到广大的世界上去好"——除此,丑小鸭别无选择;除此,安徒生别无选择——这大概也是安徒生不断出国旅行的原因之一吧。他的主人公并不采取正面斗争的方式,而是选择沉默。默默地承受属于自己的孤独。他们要么"出逃",要么"不言"——因为无法言说。因为即使言说,也没有听者。因为孤独是存在的本质。

当田鼠和鼹鼠鄙薄冻僵在地道里的燕子时,安徒生写道:"拇指姑娘一句话也不说。""不过当他们两个人把背掉向这燕子的时候,她就弯下腰来,把盖在他头上的那一簇羽毛温柔地向旁边拂了几下,同时在他闭着的双眼上轻轻地接了一个吻。"拇指姑娘的态度跟掉在船上的鹳鸟一样，是一个基督徒的态度，她选择了沉默，选择了爱。唯有爱能对抗冷漠、对抗隔膜。爱建立在爱人如己的悲悯情怀上。

在《海的女儿》中，安徒生把"孤独"和"例外"的存在体验传达到了极致。"她是那么地沉默而富于深思"，小人鱼必须接纳她与众不同的天性——对于上层世界的渴望，对于爱情的渴望。她在接纳她的天性的同时，她同时接受了存在主义所言的生存的荒诞本质。她唯有失去鱼尾——意即失去她的根性，理想的实现才有可能，可是她来自大海深处，即使获得双腿，她也无法真正进入"上层世界"。王子从不曾知晓她所遭受的痛苦。王子始终是一个对象性的存在，而她的痛苦和自我超越却根源于她自己的天性（天命），她的天性（天命）在本质上与王子无关。安徒生用"失去舌头"来隐喻她的难言处境，继而传达了"孤独"的绝对性质。她不但承受双脚踩在刀尖上的感觉，也承受"无法言说"的痛苦。最后，终极信仰使得她变成了一个纯粹的精神存在——成为空气的女儿。她从她的双重性中超升出来了。"小人鱼向上帝的太阳举起了光亮的手臂，她第一次感到要流出眼泪"。每个阅读过这个故事的人，都会在心底里默默流泪——而安徒生写道，"人鱼是没有眼泪的"，她的痛苦变得看不见。真正的孤独是存在的深渊，它无法言说，而只能体验。它是静寂的，同时波涛汹涌。它是一种挣扎的存在。在最后那一刻，她依然清醒地体验到这种深渊似的存在，但她默默无言的坚持将使她上升。

没有眼泪，也没有声音的，还有坚定的小锡兵（《坚定的锡兵》）。他的耳边响起"冲啊！冲啊！你这战士，你的出路只有一死"，他面色不改，一意往前，而他的爱情，一直只是一种想象。这个故事可以见证安徒生杰出的给孩子讲故事的能力，他拿起孩子们的一个玩具小锡兵，小锡兵的传奇人生就在孩子们的眼皮底下徐徐展开。但决不能说，故事情节中没有包含难言的人生况味。"锡兵站在那儿，全身亮起来了；同时他感到一股可怕的热气。不过这热气是从实在的火里发出来的呢，还是从他的爱情中发出来的呢，他完全不知道。他的一切光彩现在都没有了。这是因为他在旅途中失去了呢，还是悲愁的结果，谁也说不出来。"——这一段文字完全是以讲给孩子听的方式来呈现的，但意义双关，即便孩子来听，也感受到锡兵的痛楚。锡兵实在是悲愁的锡兵。他弱小，但具有无畏的勇气，因为他把他的悲愁隐藏在扛着锡枪的小小身体里。

夜莺（《夜莺》）的孤独却在于它无需他人的理解。它对着大自然歌唱，也对着皇帝歌唱。它的歌声是世界上最质朴、最动听也最有力量的事物。但宫廷里的人甚至把牛叫的声音和青蛙叫的声音当成是夜莺的歌声，这些人因为无法真正懂得它，所以也无法真正珍惜它。然而，夜莺无需通过外在的东西来证明自己的存在价值。它自在来，自在去。它所在的地方，即需要它的地方。

卖火柴的小女孩（《卖火柴的小女孩》）的孤独是生存的孤独，人间没有她所需要的温暖和食物。但她对生活强烈的爱及她曾经得到的来自祖母的爱，使得她获得了体验性的幸福，她随着祖母飞到那没有寒冷也没有饥饿的地方去了。

雪人（《雪人》）的孤独是一种爱情的宿命。它的身体里藏着一根火钳，因此它无法遏止地爱恋上了火炉。然而，它向火炉靠近的愿望越强烈，它消融的速度也就越快。

克努得（《柳树下的梦》）的孤独是姜饼恋人的故事——来不及倾诉就碎裂了，倾诉了也还碎裂。克努得与乔安娜的美好爱情唯有在梦境中才能实现。

老栎树（《老栎树的梦》）的孤独是哲人的孤独。当它一生的事情展现在眼前的时候，它再次体验了一生中最美丽最辉煌的所有瞬间。

老路灯（《老路灯》）的孤独是安享内心的宁静，是本分地生，本分地死。

……

孤独既是一种个体体验，也是自由选择的结果。也只有当孤独成为一种自觉选择，个体的孤独才变得可以承受，才迸发出无与伦比的向上飞升的力量。

而孤独绝不仅仅是成人的体验。成人有成人的难言之隐，孩子有孩子的难言之隐。在人性的根部，孩子与成人没有区别。被他人排挤，乃至不被成人理解，以及突然而至的面对浩瀚无边的宇宙时所产生的孤独无助感，等等，这些实在是儿童最深刻的生命感觉。

因此，我们可以说，安徒生童话既属于孩子，也属于成人。真正好的童话是可以从小读到老的童话。

除了描写敏感、孤独等深幽的存在体验外，安徒生也把很多笔墨用于描写"渴望"。

渴望是超越自我局限的一种原生力。当丑小鸭第一次见到美丽的白天鹅时："他在水上像一个车轮似的不停地旋转着，同时，把自己的颈项高高地向他们伸着，发出一种响亮的怪叫声，连他自己也害怕起来。啊！他再也忘记不了这些美丽的鸟儿，这些幸福的鸟儿。当他看不见他们的时候，就沉入水底；但是当他再冒到水面上来的时候，却感到非常空虚。"——它的目光不肯离去，它在这些高贵的鸟儿中认出了深藏在内心的自我，它"像一个车轮似的不停地旋转着"，"发出一种响亮的怪叫声"，"沉入水底"，"再冒出水面"，动作中的心理内容极其丰富。那种惊喜，那种怅惘，全像一个"车轮似的""不停地旋转着"。安徒生就这样把成长中渴望与绝望相交织的心理状态揭示出来了。未经世事的孩子或历经世事的成人，都能够在丑小鸭的身上认出自己：渴望成为更美丽的自己。

《枞树》也是一个充分考虑到儿童读者的理解力同时关注人的内在冲动的童话。表层意义上，讲的是一棵渴望长大的小枞树终于在圣诞节时做了圣诞树，继而被人忘掉，最后被当做柴火烧掉了。枞树出生在美丽的树林里，阳光照着它，鸟儿在它的枝桠上唱歌，兔子在它身边跑，可是，它对这些一点儿也不感兴趣，只有向上生长的愿望：长得像大枞树那么大。"啊，生长，生长，长成大树，然后变老，只有这才是世界上最快乐的事情！"小枞树想。大枞树被砍下来，它们到什么地方去了呢？鹳鸟说，船上的桅杆发出枞树的味道，大枞树做了桅杆。小枞树就向往做桅杆在海上航行。但太阳光说："享受你的青春吧，享受你蓬勃的生长，享受你身体里新鲜的生命力吧！"然而，这棵枞树什么也不能享受，当它看到别的枞树被砍去做圣诞树的时候，它一直生长，生长。于是，它终于做了圣诞树。之后，它被拖到阁楼上，之后它被劈成了柴，烧成了灰。可怜的小枞树说："完了！完了！当我能够快乐的时候，我应该快乐一下才对！完了！完了！"安徒生在结尾写道："这故事也完了，完了！完了！——一切故事都是这样。"是的，一切故事都是这样的。生命的价值和意义总是需要在最后时刻到来时才有更清晰的答案。

安徒生把"渴望"作为一种原生力量来理解。渴望超越、渴望永恒，是人的本能冲动，亦是自觉的意义追问的结果。如小人鱼渴望超升到上层世界，丑小鸭渴望靠近天鹅，卖火柴的小女孩渴望祖母的温暖，母亲渴望把她的孩子从死神的怀抱里抢回来（《母亲的故事》）……可是，当雪人渴望靠近火炉，它就要消融；当枞树渴望去别处，它就忘记了要享受一下"当下"；当癞蛤蟆不断向上飞去时，他也将从高空坠落（《癞蛤蟆》）；而树精（《树精》）渴望去大都市寻找她的传奇生活时，她的要求和渴望却使她拔去了她的根，"可怜的树精啊，这促使你灭亡"！安徒生终生寻求自我超越，追求"不朽"，然而，在追求的过程中——在感觉向上飞升并且与上帝靠近的同时，偶或感到追求的虚妄。当我们离开了自己的根，而把生活想象为"别处"时，追求本身就失去了沉实的基础，而成为一种轻飘。昆德拉关于"轻与重"的哲学命题在安徒生童话中也有体现。

安徒生把深沉的人生体验寄寓在小小的童话体裁里，他的才华恰如约翰·迪米留斯所说的那样："在他的童话里，记载了生命的伟大主题。他把我们通常要很久很久才能体会和理解的一切集中在一个关键的焦点上。"① 而且，他还能把这个关键点铺展得具体而生动，赋予了童话以哲理的深度和生命的厚度。

① ［丹］约翰·迪米留斯. 安徒生童话里自然的呼声［J］. 小啦，译. 儿童文学家，1991（秋季号）：8.

第五节
双 重 接 受

　　安徒生童话的双重表达与双重接受是紧密联系在一起的。安徒生同时面对两种读者写作，其文本显示双重意蕴，对不同阅读者而言，其意义景观各有不同。

　　在《亚麻》这个童话中，安徒生讲述了亚麻的一生。亚麻从生长为麻，到织成布做了衣服，变成烂布片被剁细、水煮，变成纸，继而变成书，最后被放在炉子上烧掉了。孩子们看着死灰在空中飞扬，唱出一支歌：

　　　　吱——格——嘘，

　　　　拍——呼——吁！

　　　　歌儿完了！

安徒生继续写道："不过那些细小的、看不见的小生物都说：'歌儿是永远不会完的！这是一切歌中最好的一支歌！我知道这一点，因此我是最幸福的！'"

《亚麻》的故事是一个典型的双重表达的文本。表层叙述的是亚麻的传奇变化，那是孩子们感兴趣并觉得惊讶的。深层是关于生命、关于灵魂不灭的主题。后一个层次的主题是成人能够辨认出来的，而孩子们却未必会在这个主题上徘徊流连，正如安徒生在童话的结尾所说的："但是孩子们既听不见，也不懂这话；事实上他们也不应该懂，因为孩子不应该什么东西都知道呀。"① 不过，科学研究表明，孩子们并不一定以自我为中心，不一定不能进行抽象思考。孩子们未必仅仅停留在故事的表层，因为事实上，表层和深层不是截然分开的。孩子们听过这个故事之后，一定对于生命的存在形态感到惊奇，并产生模糊的慨叹。等到年岁渐长，生命体验渐增，故事的本体与喻体之间的裂缝就会慢慢融合。

所以，有必要指出：安徒生的双重表达绝不是截然分开的。而文本的意义指向与读者接受也不是绝对平行的。不是复杂的内容只有成人在理解，而浅显的内容只有孩子在感受。深浅是一个相对的概念。就儿童读者而言，正如诺德曼所分析的那样：他与成人的重要区别仅在于缺乏必要的经验，而不是能力的欠缺。② 诺德曼强调儿童文学文本不要忽视了孩子的理解力，以及经由成人的引导而发展他们的理解力。

---

① ［丹］安徒生. 亚麻［M］//安徒生童话故事全集：第二卷. 叶君健，译. 杭州：浙江文艺出版社，1999：130.

② ［加］佩里·诺德曼，梅维丝·雷默. 儿童文学的乐趣［M］. 陈中美，译. 上海：少年儿童出版社，2008：155.

安徒生面对他的小读者讲述宇宙之理路，人心之微妙，却未必意味着他对小读者的背叛。恰恰相反，这种写作策略，传达了他对儿童的尊重和信赖：一方面他认为孩子是有理解力的，另一方面，体现为一个经验颇丰的长者对儿童的引领：面对纷繁的世相，不回避，不拒绝。因此，儿童在接受安徒生童话文本时，能够产生多层次的回应。

笔者曾做过近3000人的阅读调查，对此有非常详细的现象呈现和归纳总结。孩子们能从安徒生的童话文本中享受故事所引发的被尊重的感觉，也享受情感的浸染和哲学的引领①。

儿童对文本的回应亦应包括不能明确表达的潜意识引领，犹似种子植入，静待生根发芽长枝开花。而儿童原本是一个集合概念，不同年龄段的孩子对同一个故事的理解也是不同的。那些从小不能明确感受到的意义，往往在重读时会产生格外鲜明的印象，正如受调查者所言："因为要回答您的答卷，我特地重读了安徒生童话，安徒生的童话写得太好了，我以前不知道他写得这么好。""安徒生的童话是一朵永不开败的花，芬芳沁入所有人的成长过程，长大了重新阅读，更为清晰地了解童年的脉络，和室友们分享有趣的故事，能体会久违的愉悦。""因为这次活动，使我发现了一个新的安徒生童话。""重新看，我才感觉到像安徒生童话这样的书太少了。""我现在想再重读一遍。"……②

安徒生并不像人们想象的那样被充分理解。应该说，作

---

① 李红叶. 安徒生童话的中国阐释 [M]. 北京：中国和平出版社，2005：424.
② 李红叶. 安徒生童话的中国阐释 [M]. 北京：中国和平出版社，2005：492.

为文学童话的早期创作者，安徒生终其一生都在探索童话创作的边界和可能形态，从整体来看，他的童话创作带有很强的探索性质，基于其产生的特定的生活背景，也不是所有的童话都能够传世，然而他在每一个幅向的探索都给后世作家以启迪。当我们把安徒生童话集合在一起来看时，我们才能够看到，在安徒生这里，童话的疆域是如此广阔，笔法是如此灵活多样，几乎所有的生命体验安徒生都可以用童话来表达。在《接骨木树妈妈》中，那位非常孤独，没有太太也没有孩子，却非常喜欢小孩的老者正是安徒生的自况形象——"你能把你所看到的东西都编成童话，你也能把你所摸过的东西都讲成一个故事"——这正是我们看到的实际情形。

安徒生的童话创作才华举世瞩目，而他留给后世作家最重要也最好的告诫是："最奇异的童话是从真实的生活里产生出来的。"[①] 缺少生活根基，没有对生命的深切关怀，再奇异的幻想也仅仅是幻想，而不可能成为最美丽的童话。安徒生的童话创作基于真实的生活感受和深切的生命体验，这是他的童话故事能够传播久远且禁得起反复阅读的真正缘由。

毫无疑问，他有一颗孩子心，同时他是一个真正的诗人。这是我们讨论安徒生的起点。

安徒生的双重表达使得他的童话故事发山层次繁多的光辉。安徒生把人生的幽微意义浓缩在小小的体裁中，赋予了大众化的读物以娱乐之外的大文学的深沉意味。他的童话故事既是理想的人性启蒙的文本，也是值得重读的经典。那么，让我们重新拿起安徒生童话吧，把安徒生从刻板印象和

---

① 该句出自安徒生童话《接骨木树妈妈》。

单薄记忆中解放出来，我相信，我们将再次体会到卡尔维诺所言的经典阅读的体验："一部经典作品是一本即使初读也好像是在重温的书"，"一部经典作品是一本每次重读都像初读那样带来发现的书"，"经典作品是这样一些书，我们越是道听途说，以为我们懂了，当我们实际读它们，我们就越是觉得它们独特、意想不到和新颖"[①]。

安徒生童话所体现出来的对纯真事物的推崇，对诗性品质与幻想品质的守卫，对自然的亲近，对儿童精神的张扬，对生命与灵魂的追问以及寓深刻于单纯的表现世界、表现自我的方式，所有这些，难道不是长大后的我们才能够更深切地感受到的么？

---

① ［意］伊塔洛·卡尔维诺. 为什么读经典［M］. 黄灿然，李桂蜜，译. 南京：译林出版社，2006：12.

第四章

安 徒 生 笔 下 的 儿 童 形 象

第一节

把 儿 童 从 成 人 艺 术 的 园 圃 中 解 放 出 来

一、时代氛围：大自然和儿童变成崇敬的对象

童年作为重要的审美对象是欧洲 18 世纪末 19 世纪初兴起的浪漫主义思潮的重要收获。

18 世纪末 19 世纪初期，艺术领域里对情感与想象力的推崇改变了 17 世纪以来以理性为向导的基本文学格局。尊崇个性自由、推举精神解放以及返回自然、关注民间的种种浪漫主义声息鼓舞着诗人们为新的理想寻找新的艺术形式，这新的理想的具体体现即大自然和纯真事物，这新的形式即诗歌和童话。在这样一种文化背景下，一个艺术的表现对象，一种人生形态被发现了，这一伟大的发现即"儿童"的

发现。

在文学的历史版图上，我们发现，文学的疆域是逐渐扩大的。起初，文学的视角是向上、向外的。文学的版块从神与英雄的谱系转为对天国和上帝的歌咏，再到对"巨人"、对"大写的人"的赞颂，继而把笔墨对准王公贵族与城市上层。17世纪古典主义喜剧作家莫里哀把版图扩展到普通人——他在《伪君子》里把女仆陶丽娜放到了一个光辉的位置上。18世纪，第三等级的普通人明确进入文学描写的范围，尤其到了18世纪中后期，文学的视角开始向内转，普通人的内心感情开始上升到文学的中心位置。感伤主义强调感情的自然流露，重视自然景物的描写，特别强调对普通人的精神生活的刻画，而卢梭则崇尚自然、推崇自然纯朴的感情，并提出"返回自然说"——文学的视角开始放置在地平线上，开始关注与土地、与自然亲密联系的事物。这种文学转向的集中表现即浪漫主义思潮。而卢梭毫无疑问是浪漫主义文学的精神之父。

卢梭认为，人性本善，而人类文明的发展使人性受到污染；人是生而自由的，而人所创造的文明却束缚了自己。他提出：出自造物主的东西都是好的，而一到了人的手里，就变坏了。这是工业革命兴起后人类第一次清醒地意识到，工业文明把人类带离了自然和土地，使人丧失了心灵和情感的自由，人性遭到异化，人的生命力受到压抑。人类开始意识到，人应该复归自然。这时，未经文明污染的自然，以及"自然之子"——尚未被文明规范的原初的人——儿童，就成为浪漫主义所致力颂扬的事物。

儿童那原初的、淳朴的心灵，活泼的生气，初始与世界相遇的惊奇能力，毫无偏见的眼光，以及创世般的想象力，成为浪漫主义诗人们的理想形象，是人类精神家园的象征。安徒生就是在这种时代背景下来塑造儿童形象的。他把浪漫主义时代的儿童观念具体化，使之生动可见，这是他的杰出贡献。

孩子的形貌、孩子的心理，孩子的梦幻及精神生活，孩子的游戏，孩子的日常生活，以及他们与成人世界和自然物世界的互动关系，全都在安徒生的描写范围之内，而且描写得如此真切、细致。文字间流露出初次发现新大陆般的惊奇感，一并把天真的力量传达到极致，正如詹斯·安徒生所描述的："浪漫主义把儿童放在诗歌圣坛至高无上的地方，让孩子的天性成为永不放弃的理想和取之不尽、用之不竭的灵感源泉。1835 年，安徒生走上世界的舞台，让孩子们走下圣坛，伴着他朴实无华的语言，走进他的文学作品。在这里，无论是男孩还是女孩，也无论年纪大小，都有着同样'天真的声音'，用他们那最美妙的语言和诗句，颠覆一切原本貌似真理的谬误，戳穿所有成人的谎言。"[①]

二、对儿童本性的臣服

1826 年，安徒生正在赫尔辛格文法学校与该校古板刻薄的校长米斯林进行一场想象力与冰冷、粗暴、简单的教育模

① ［丹］詹斯·安徒生. 安徒生传［M］. 陈雪松，刘寅龙，译. 北京：九州出版社，2005：204.

式之间的战争。在那个备受压抑的环境里，他偷偷地写下了著名的诗歌《垂死的孩子》。

这首诗节奏舒缓，质朴感人，成为流传于后世的佳作。而这首诗之所以被安徒生的传记作者詹斯·安徒生称为"应当被当做独一无二的艺术品来读"，是因为在文学和文化历史这个大背景下，《垂死的孩子》是划时代的诗篇，因为安徒生用诗歌提升了儿童的思想和言谈，詹斯·安徒生接着说："世界上其他任何作家都没有尝试过这种主题，即彻底地屈服于孩子的本性——即使是 18 世纪末歌德在他的《魔王》这首诗中也没有做到。"①

母亲，我累了，我想睡觉，

让我睡在您怀里；但先答应我不要哭泣，

因为您的眼泪正在我的脸颊滑落。

这里很冷，风雪在外面肆虐，

但在梦中，一切都如此美丽，当我闭上疲倦的眼睛时，

我看见了可爱的小天使。

母亲，您看见我身边的天使了吗？

您听见美妙的音乐了吗？

看，他有一双美丽的白翅膀，

一定是上帝给他的；

① [丹] 詹斯·安徒生. 安徒生传 [M]. 陈雪松，刘寅龙，译. 北京：九州出版社，2005：73.

绿色、黄色和红色在我眼前盘旋，

那是天使撒落的花朵！

我活着时也会有翅膀吗，

或者，母亲，我死后会有吗？

为什么您紧握我的双手？

为什么您贴着我的脸颊？

您的脸颊潮湿，却像火一样烫，

母亲，我永远是您的孩子！

但此刻您不要再叹息，

如果您哭泣，我会和您一同哭泣。

啊！我太累了！——必须闭上眼睛——

母亲——看啊！现在天使在吻我。

在这首诗里，我们可以看到，儿童般的想象和儿童视角决定着诗的进程。一个儿童的精神幻想以及他的天真和同情通过儿童式的语言——展现出来。詹斯·安徒生说，"以前，在文学作品中，孩子一直是沉默、静止的人物，但在安徒生1826年的诗中，孩子成为说话和行动的主体：一个独特的人。即使在19世纪左右非常喜欢孩子的浪漫主义时代，在卢梭发现童年的内在价值之后，统治和决定艺术作品的形式与内容的仍然是成年人的思想。""然而在安徒生的三节诗中，我们看到成年人突然变成孩子的模样，母亲的身影和仪态完全通过孩子的言语来描绘。角色被转变了，因而古老的平衡力被21岁的丹麦诗人颠倒了，他把死亡的庄严壮观地调换为一个孩子的自然感知。"① 于是，儿童便从那看不见的、被动的、无精神价值的、无主体特性的状态中解放出来，并纷纷走进安徒生的童话世界里去。这其中有大量现实生活中的孩子，也有大量走进奇境中参与传奇讲述的孩子，以及化了装的动植物形象的孩子，或像孩子一样的成人。

安徒生在童话中所描写的第一个日常生活中的孩子是《小意达的花儿》中的主人公：小意达。这个故事取材于现实，以孩子感性而富于幻想的日常生活为内容，安徒生自己则化身为那个会讲美丽的故事、会剪奇妙的剪纸的学生，那个枢密顾问官则正是安徒生彼时要打倒的敌人。

"童年是存在的深井"②，是我们尚未被充分认识的存在。我们面对加斯东·巴什拉所言的童年的神秘性存在，正如小意达面对她那已经枯萎了的花朵。小意达说："为什么花儿今天显得这样没有精神呢？""昨天晚上他们还是那么美丽，现在他们的叶子却都要垂下来了，枯萎了，他们为什么要这样呢？"只有那个会讲美丽的故事的人，能够回答小意达在初年精神生活中所遭遇的困惑："你可知道他们做了什么事情！这些花儿昨夜去参加过一个跳舞会啦，因此他们今天就把头垂下来了。"

"可是花儿不会跳舞的呀！"小意达说。

"他们可会跳呢，"学生说，"天一黑，我们睡觉了，他们就兴高采烈地跳起来。差不多每天晚上都有一个舞会。"

---

① [丹] 詹斯·安徒生. 安徒生传 [M]. 陈雪松，刘寅龙，译. 北京：九州出版社，2005：73.

② [法] 加斯东·巴什拉. 梦想的诗学 [M]. 刘自强，译. 北京：三联书店，1996：144.

"这些美丽的花儿在什么地方跳舞呢?"小意达问。

"你到城门外的那座大宫殿里去过吗?国王在夏天就搬到那儿去住,那儿有最美丽的花园,里面有各色各样的花。你看到过那些天鹅吗?你抛给他们面包屑,他们就向你游来。美丽的舞会就是在那儿举行的。你相信我的话吧!"

"这些花儿昨天去参加一个舞会啦"——这就是安徒生在第一个取材于现实的童话里要说的话。他暂时把传奇故事放到一边,因为他找到了童话的新来源:儿童的天真生活。天真就是奇迹。

小意达对大学生的解释表示担忧,她说:"可是花儿不会跳舞呀!"大学生回答:"他们可会跳呢,天一黑,我们睡觉了,他们就兴高采烈地跳起来。差不多每天晚上都有一个舞会。"但枢密顾问官却说:"居然把这样的怪想法灌进一个孩子的脑子里去,全是些没有道理的幻想!"然而大学生说:"你相信我的话吧!"小意达得到了满意的答案。因此,她复活了她的童年——那"存在的深井",她看到了一场感人至深的花的舞会。当小意达在梦境里看到花儿们对苏菲说:"我们活不了多久,明天就要死了。但是请你告诉小意达,叫她把我们埋葬在花园里——那个金丝雀也是躺在那儿的。到明年的夏天,我们就又可以醒转来,长得更美丽了。"——这时的小意达就是加斯东·巴什拉所言的"实现了存在的惊讶的人"。第二天,她和她的两个小表哥把花儿们葬在花园里,因为小意达深信这些花儿到明年的夏天就又可以醒转来长得更美丽了。

天真是儿童的本性。安徒生非常了不起的地方在于，他郑重地把一个孩子日常的天真思想、天真行为写入文学作品中。他发现了这种"天真行为"的"文学意义"——值得将之郑重书写出来的意义。

在理性主义者看来，小意达的思想毫无意义——不但无益而且有害——他们担心孩子沉溺到幻想之中而不能树立起对于生活的理性姿态，《小意达的花儿》中的枢密顾问官、《梦神》中的老曾祖父就是这种代表。当奥列·路却埃对小小的哈尔马说："我将到教堂的尖塔顶上去，告诉那些教堂的小精灵把钟擦得干干净净，好叫它们能发出美丽的声音来。我将走到田野里去，看风儿有没有把草和叶上的灰尘扫掉；此外，最巨大的一件工作是：我将要把天上的星星摘下来，把它们好好地擦一下。我要把它们兜在我的围裙里。"这时，挂在墙上的一幅老画像——哈尔马的曾祖父说："您对这孩子讲了许多故事，我很感谢您；不过请您不要把他的头脑弄得糊里糊涂。星星是不可以摘下来的，而且也不能擦亮！星星都是一些球体，像我们的地球一样。它们之所以美妙，就正是为了这个缘故。"枢密顾问官和小哈尔马的曾祖父代表的正是几个世纪以来人们的普遍观念，可是，从来如此就是对的么？安徒生用近40年时间的童话写作告诉世人，我们无法否认一个孩子所支持的精神事实——花儿会跳舞，星星可以摘下来，皇帝什么衣服也没穿⋯⋯

儿童的天真本性犹如神迹的显示，使得日常生活发出光彩来。——而成人往往失落了这种天真本性，不再为一朵花的枯萎而伤心，也不再能看见花的舞会，不再能看出皇帝没有穿新衣。儿童的天真本性就成为一种启示：童年生活对个体成长而言具有独立的价值，于成人而言，亦为重要的思想资源。

在文学领域，安徒生发现了儿童本性的重要意义。儿童有了属于自己的文学。他不但使用随意与孩子交谈的口语句式，而且把对儿童天真本性的描写上升到传统童话的魔法高度——儿童的天真在童话叙事中正是奇迹的显现方式之一。这种写法在安徒生时代"闻所未闻"，在这一点上，也可以借用布兰兑斯的话来说：安徒生不但有才华，而且有勇气。①

安徒生改变了我们对文学的认识，改变了我们对儿童（童年）的理解。在这个故事里，安徒生正式把孩子自己的语言、情绪、想象和行为作为文学描写的对象——儿童不再是抽象的没有名字的意象，更不是说教的对象。儿童自身就是一切，儿童自身就是"宏大主题"。儿童生活即审美对象。儿童生活即奇迹，即启示。

这种写作，是对儿童本性的臣服。我想，正是在此意义上，布兰兑斯说：安徒生是丹麦第一个发现儿童的人。② 詹斯·安徒生则点明了安徒生在世界文学史上的意义，他说："这是世界文学史上的一次革命，它把儿童从几个世纪成人艺术的园囿当中解放出来。"③ 从此，活泼、感性、富有理解力和想象力的儿童就成为安徒生的宠儿，并经由安徒生而在后世文学中不断重现。

① ［丹］乔治·布兰兑斯. 童话诗人安徒生［C］//小啦，约翰·迪米留斯. 丹麦安徒生研究论文选. 严绍端，欧阳俊岭，译. 合肥：安徽少年儿童出版社，1999：14.
② ［丹］乔治·布兰兑斯. 童话诗人安徒生［C］//小啦，约翰·迪米留斯. 丹麦安徒生研究论文选. 严绍端，欧阳俊岭，译. 合肥：安徽少年儿童出版社，1999：12.
③ ［丹］詹斯·安徒生. 安徒生传［M］. 陈雪松，刘寅龙，译. 北京：九州出版社，2005：199.

第二节
安徒生笔下儿童形象的多样性

一、一个"孩子的王国"

我们通常比较容易忽视小事物，也比较容易忽视孩子。同样，对安徒生童话的关注，我们通常比较容易留意到童话中的"宏大"主题及成人故事，而比较容易忽视安徒生笔下的儿童形象。其实，安徒生笔下的儿童形象，不但非常丰富，而且种类繁多。

有些是故事的主人公，如《卖火柴的小女孩》《小意达的花儿》《伤心事》《小杜克》《贝脱、比脱和比尔》《梦神》《白雪皇后》《红鞋》《踩着面包走的女孩》《犹太女子》《丑小鸭》《枞树》《野天鹅》《一个豆荚里的五粒豆》《看门人的儿子》《幸运的贝尔》《永恒的友情》《拇指姑娘》《铜猪》《钟声》以及《没有画的画册》中的部分故事，等等；有些是与成人互动的孩子，如《皇帝的新装》《母亲的故事》《老房子》《接骨木树妈妈》《老墓碑》《墓里的孩子》《她是一个废物》《安妮·莉斯贝》等中的孩子；有些是背景性的，如《迁居的日子》《丑小鸭》《坚定的锡兵》《海的女儿》《鹳鸟》《恋人》《枞树》《织补针》《瓦尔都窗前的一瞥》《亚麻》《雪人》等作品中的孩子。当我们把这些形象梳理出来的时候，才发现，安徒生童话真是一个孩子的王国。

在这个孩子王国里，孩子的第一件要事是听故事。这一点，在第二章"再现口传故事时代的讲述氛围"这一节里，有所论述。这些孩子在绝大多数情况下是隐藏的，如《打火匣》《小克劳斯和大克劳斯》《豌豆上的公主》《拇指姑娘》《夜莺》《牧羊女和扫烟囱的人》等绝大多数故事，安徒生用了显而易见的跟孩子讲故事的口吻，孩子的在场感非常强。有时现身出来，如《梦神》中听梦神奥列·路却埃讲故事的小哈尔马，听枞树讲泥巴球的故事的孩子们（《枞树》），听老人讲接骨木树妈妈的故事的孩子（《接骨木树妈妈》），听关于老卜列本和他的妻子的故事的孩子（《老墓碑》），听干爸爸讲故事的小安娜（《在小宝宝的房间里》）等等。

除了听故事，玩游戏也是他们日常生活中的重要事情。他们玩锡兵（《坚定的锡兵》），抓小鸟（《雏菊》），捉甲虫（《甲虫》），玩陀螺、打球（《恋人》），看纸张在炉子上烧起来（《亚麻》），堆雪人（《雪人》），堆哈巴狗坟（《伤心事》），葬花（《小意达的花儿》），在垃圾堆里做游戏（《迁居的日子》），练习朝背上吐口水（《最难使人相信的事》），唱游戏歌（《鹳鸟》）……

其余还包括写作业、帮家人做事（《小杜克》），讲闲话（《孩子们的闲话》），扫烟囱（《没有画的画册》）等孩子的日常生活。同时安徒生也涉及流浪（《铜猪》）、承受冻饿之苦（《卖火柴的小女孩》）、与孤独老人的情谊（《老房子》《接骨木树妈妈》《小杜克》）、母子之爱（《母亲的故事》《墓里的孩子》《她是一个废物》《安妮·莉斯贝》）、兄妹情谊（《野天鹅》）等。

而安徒生写得最多的是孩子的精神生活，写他们的梦境（《小意达的花儿》《卖火柴的小女孩》《小杜克》《梦神》《铜猪》等）、孤独感（《海的女儿》《丑小鸭》）、伤心事（《伤心事》）、对生命的热爱（《一个豆荚里的五粒豆》《卖火柴的小女孩》）、两小无猜的感情（《柳树下的梦》《单身汉的睡帽》《依卜和小克丽斯玎》《看门人的儿子》）等等，还涉及堕落与救赎等宗教主题（《红鞋》《踩着面包走的女孩》等）。

安徒生笔下的儿童形象，绝不像许多人想象的那样只有天使般的人物。他们原始、混沌，充满儿童本原活力，同时安徒生也描写了这种活力中无所用心的任性乃至狡黠的成分。在安徒生这里，起决定意义的价值尺度是自然精神。

在《顽皮的孩子》中，阿穆尔是一个伶俐的、"忘恩负义"的小顽童，当然，我们都知道，阿穆尔就是小爱神——把小爱神比拟为一个顽童是多么恰切。在《最难使人相信的事》中，孩子们都在练习朝自己的背上吐唾沫——在他们看来这就是最难使人相信的事情。在《迁居的日子》里，孩子们在一大堆脏东西上玩耍。他们玩着睡觉的游戏：躺在一堆铺床的草里，把一张旧糊墙纸拉到身上当被单。他们觉得在这种地方玩这种游戏最适宜。在《鹳鸟》中，一看到鹳鸟，他们中间最大胆的一个孩子——不一会儿所有的孩子——就开始唱一支关于鹳鸟的古老的歌：

> 鹳鸟，鹳鸟，快些飞走；
> 去呀，今天是你待在家里的时候。
> 你的老婆在窠里睡觉，
> 怀中抱着四个小宝宝。
> 老大，他将会被吊死，
> 老二将会被打死，
> 老三将会被烧死，
> 老四将会落下来跌死！

这些孩子，"没心没肺"，天真烂漫。林格伦笔下的长袜子皮皮、巴里笔下的彼得·潘，皆与之有着内在的精神关联。

而在《孩子们的闲话》中，安徒生则从与《皇帝的新装》相反的方向来写儿童的天真。

"凡是那些名字的结尾是'生'字的人，"她说，"他们在这世界上决弄不出一个什么名堂来的！一个人应该把手叉在腰上，跟他们这些'生'字辈的人保持远远的距离！"于是她就把她美丽的小手臂叉起来，把她的胳膊肘儿弯着，来以身作则。她的小手臂真是非常漂亮，她也天真可爱。

不过那位商人的小姑娘却很生气，因为她爸爸的名字是叫做"马得生"，她知道他的名字的结尾是"生"。因此她尽量做出一种骄傲的神情说：

"但是我的爸爸能买一百块钱的麦芽糖，叫大家挤作一团地来抢！你的爸爸能吗?"

"是的，"一位作家的小女儿说，"但是我的爸爸能把你的爸爸和所有的'爸爸'写在报纸上发表。我的妈妈说大家都怕他，因为他统治着报纸。"

这个小姑娘昂起头，好像一个真正的公主昂着头的那个样子。

在这里，我们看到，成人的观念是怎样反映到孩子们的心中！而经由天真孩子之口，越发衬托了成人观念的荒谬和可笑。安徒生真正要嘲讽的是大人，而不是孩子。安徒生像讲述《伤心事》一样，显得温和、超脱，对这些孩子充满同等的同情。那个名字带"生"字的、站在门外听着孩子们的闲话的是多瓦尔生——他已经成为一个伟大的人。至于其他三个孩子呢？安徒生说："唔，他们彼此都没有什么话说——他们都是一样的人。他们的命运都很好。那天晚上他们所想的和所讲的事情，不过都是孩子的闲话罢了。"

安徒生的确不是教室里板着脸孔的刻板成人，他对孩子的理解力和同情是同时代人无法达到的。孩子最本质也最珍贵的，就是他的本性，他的天真。因为在安徒生看来，儿童相对于成人与社会，的确是人类中保留了最多自然本性的生物。这种自然本性具有一种潜在的向上生长的力量，就像卢梭所理解的儿童，他是一株植物的种子，包含着完美的树的形象。至于是非曲直，生活自会教育他们。

这些孩子小小的心灵里所包蕴的力量，正是浪漫主义致力寻求的、能够对抗异化的力量。当所有的人都说着"皇上的新衣真是漂亮！他上衣下面的后裾是多么美丽！衣服是多么合身"时，唯有一个小孩子叫出声来："可是他什么衣服也没有穿呀！"

安徒生展示了孩子丰富多元的本性，并突出表现他们的天真。对安徒生而言，对孩子天真品性的信仰是他的诗学观、道德观和宗教信仰的核心。

二、源自民间故事的"小野蛮"

安徒生有一组童话非常特别，即重述他小时候听过的故事，如《打火匣》《小克劳斯和大克劳斯》《豌豆上的公主》《旅伴》《笨汉汉斯》《老头子做事总不会错》等。这组形象的主人公有孩子，有成人，也有老人，不过，他们无不天真烂漫，活脱脱一个个"小野蛮"。他们是安徒生心中的孩子般的英雄，是安徒生的积极自我形象。这组形象也可以放在儿童形象中来讨论。

评论家历来认为安徒生笔下的童话形象过于阴柔，然而，这组直接取材于民间的童话质朴率真，山野、泥土之气甚浓。《打火匣》里的兵、《小克劳斯和大克劳斯》里的小克劳斯、《豌豆上的公主》里的公主，这些形象在道德的意义上绝对算不上完美的人物，笨汉汉斯尤为"粗朴"，通过这些形象实在很难找到"正面"的教育意涵。然而，安徒生在这里不打算板起脸孔来"教育"人，如果说他有"教育"意图的话，他想要告诉世人的是，纯朴和天真是一种美德。这些形象个个率性快活，天真烂漫而又狡黠智慧，充满行动力和游戏精神，且弱者总是赢，无往而不胜，这组人物将一种源自民间的孩子般的乐观主义精神展现得淋漓尽致。

你看那快活自在的兵，事情怎样来就怎样处理——"一、二！一、二！"一路走去，金钱来了就拿，有了就用，凭着好运气，娶了公主，做了国王。小克劳斯处于弱势，但无所畏惧，狡黠聪明，好运不离，弱者总是赢，就跟那笨汉汉斯一样，各样事情不登大雅之堂，不含道德教训，可是活力十足，丝毫不扭捏造作，因此打败了刻板的理性和一切看似强大的力量。睡在豌豆上的公主，全然不把皇后对她的考察放在眼里，她的敏锐的感觉胜过所有人。

这组故事，其整体上的乐观主义精神完全建立在人物自身孩子般的天真这一品质之上。在此，安徒生借这一组民间童话人物将天真作为一种原生力量加以颂扬，就直抵浪漫主义哲学之核心。经由安徒生的重述，这些民间故事获得了新的生命，正如詹斯·安徒生所言："安徒生让民间故事这种艺术形式获得了重生，让那令人作呕的粗糙故事多了一份天真、一份精细的心理元素和一份哲学思想。"①

再来看看《老头子做事总不会错》中的老头子和老太太。

他们的生活哲学是:"越走下坡路就越高兴"。老头子把马换了牛,牛换了羊,羊换了鹅,鹅换了母鸡,母鸡换了烂苹果,全凭一点感性兴趣以及一点对老太太的取悦之心;而老太太则把老头子一路夸到底——"老头子做事总不会错!"那点天真就成为他们生活的核心动力和幸福的来源。在这里,天真表现为无条件的爱和完全的信任,表现为丰富的基于爱和信任的感性代替了算计的、冰冷的、功利的理性。

"不过我把这只鹅换了一只鸡。"丈夫说。

"一只鸡? 这桩交易做得好!"太太说,"鸡会生蛋,蛋可以孵小鸡,那么我们将要有一大群小鸡,将可以养一大院子的鸡了! 啊,这正是我所希望的一件事情。"

"是的,不过我已经把那只鸡换了一袋子烂苹果。"

"现在我非得给你一个吻不可,"老太婆说,"谢谢你,我的好丈夫! 现在我要告诉你一件事情。你知道,今天你离开以后,我就想今晚要做一点好东西给你吃。我想最好是鸡蛋饼加点香菜。我有鸡蛋,不过我没有香菜。所以我到学校老师那儿去——我知道他们种的有香菜。不过老师的太太,那个宝贝婆娘,是一个吝啬的女人。我请求她借给我一点。'借?'她对我说,'我们的

---

① [丹] 詹斯·安徒生. 安徒生传 [M]. 陈雪松,刘寅龙,译. 北京:九州出版社,2005:216.

菜园里什么也不长，连一个烂苹果都不结。我甚至连一个苹果都没法借给你呢。'不过现在我可以借给她 10 个，甚至一整袋子烂苹果呢。老头子，这真叫人好笑!"

她说完这话后就在他的嘴上接了一个响亮的吻。

老头子、老太太这种"泥巴"似的纯朴正是笨汉汉斯娶得公主、获得王国的基础。

他们是如此可爱，上天因此而将幸福馈赠给他们。

这是一种源自土地、源自民间的力量。它是纯朴的、游戏的、自然的，同时也是智慧的。它基于对生活的强烈的爱，同时也是孩子似的。

如果把这组童话与安徒生取材于现实的个人创作如《小意达的花儿》《丑小鸭》《卖火柴的小女孩》《拇指姑娘》等相比较，就会看到，安徒生对于纯朴和天真的信仰来自土地和民间。小意达、丑小鸭、卖火柴的小女孩、拇指姑娘等儿童形象将脱离远古时代的单纯语境而遭遇各自不同、大小有别的人生困境，但那种朴素的、源自自然本性的天真单纯将成为最终"获救"的动力来源。

第三节

儿 童 即 天 真 、 即 风 景 、 即 奇 迹

一、天真即奇迹的显现

　　安徒生用"eventyr"一词来概括他所写的全部童话类作品，这个词的含义比"fairy tale"的含义要宽泛得多，包括故事、散文、散文诗、寓言、小说、民间童话及创作童话等多种文学体式。这也是为什么有些翻译家在翻译安徒生称之为"eventyr"的作品，使用了"安徒生的童话故事"这一译法，而不是"安徒生童话"的缘故。为了便于讨论，我们也常常直接将"eventyr"称之为"童话"。在安徒生看来，童话（"eventyr"）是包容性极强的文体，他说："在整个诗的王国里，任何领域也比不上童话的范围那样无限广阔。从鲜血浸透的古墓到儿童的图画书中的神话传说，它无一不

涉及；它包括普通人的诗，也包括艺术家的诗。对我来说，它意味着所有的诗，善于写童话的人必须能够将悲剧、喜剧、自然朴素和幽默注入其中；娴熟地运用抒情短文、直截了当的叙述和描写性质的语言……在民间传说中，最后胜利的总是傻瓜西蒙……因此，被其他兄弟轻视和嘲笑的诗的纯真最终涉及的范围也最广。"① 安徒生拓宽了童话的疆域，同时挑战了童话的极限，以至于后世的人在定义他的童话时难以寻找到分明的边界线。如上这段话则为我们找到了答案。

如果我们了解安徒生的童年信仰，就不难了解安徒生童话的边界。安徒生所强调的是"傻瓜西蒙"（也即笨汉汉斯）式的"纯真"。纯真（天真）即奇迹，即童话。安徒生区别于传统童话的地方在于，他对"奇迹"和"愿望的满足"有新的阐释和表达。在安徒生看来，儿童（或儿童式）的天真即奇迹的显现方式之一。而"愿望的满足"更多指向内心体验，而非物质现实的成全——卖火柴的小女孩在物质现实中死去了，可是她的精神现实是——永远和祖母幸福地生活在一起。

在《小意达的花儿》里，小意达的天真使得她能看见花的舞会。在《卖火柴的小女孩》中，小女孩的天真使得她能通过火光看到慈爱的奶奶，并飞向那没有寒冷也没有饥饿的所在。在《皇帝的新装》里，孩子的天真使得他看见皇帝什

---

① ［丹］伊莱亚斯·布雷斯多夫. 从丑小鸭到童话大师——安徒生的生平及著作［M］. 周良仁，译. 哈尔滨：黑龙江人民出版社，2005：426.

么衣服也没有穿。在《老房子》里，孩子的天真亦能使老旧的房子焕发生机，能使孤独的老人不再孤独。在《拇指姑娘》里，拇指姑娘的天真使得她即使生活在深深的地底下，也能够再次回到温暖的太阳光里来。在《旅伴》中，约翰奈斯的天真能使他不战而胜，获得了爱情，也打破了附在公主身上的魔咒。在小人鱼和丑小鸭的故事中，天真作为一种核心力量支持了主人公人格的完整和精神的升华……通过这些故事，我们可以观察到安徒生是如何把儿童的天真上升为童话精神的。

二、儿童自身即童话

安徒生童话把儿童放到了中心位置。描写儿童的最佳体裁是儿童小说，童话的超越性美学追求使得一般作家在选择现实人物时采取了谨慎的态度，他们通常会赋予人物以奇遇，或者人物本身即具有某些异于常人的地方。安徒生也塑造了许多参与到奇境中去的孩子形象，但他最重要的贡献是把日常生活中的孩子纳入童话描写的范围。儿童自身即童话。这与他独特的童话观和他的童年信仰有关。

安徒生发现了文学版块中的"小"。别的伟大作家写发生在成人世界里的宏大战争、生死爱情，写辽阔的草原、汹涌的波涛、巍峨的大山，而安徒生关注被宏大历史遗忘了的细小事物。除了写"大"事，也还写"小"事，而且主要写"小"人儿、"小"事物。这是安徒生最伟大的地方之一。

　　最典型的例子是《伤心事》。这个故事反映出安徒生对儿童的精神本质有着非凡的感知能力和非凡的同情心。一只哈巴狗在早晨死去了，寡妇的孙子们就在院子里为狗做了一座坟。他们在坟的四周镶了一些花盆的碎片，上面还撒了一些沙子。坟顶上还插了半个啤酒瓶，瓶颈朝上——这并没有什么象征的意义。然后在坟的周围跳舞。他们中间最大的一个孩子——一个很实际的、七岁的小孩子——提议开一个哈巴狗坟墓展览会，让街上所有的人都来参观他们的杰作。门票价是一个裤子扣，因为这是每个男孩子都有的东西，而且还可以有多余的来替女孩子买门票。这个提议得到全体一致通过。于是，街上所有的孩子——甚至后街上的孩子——都涌到这地方来，献出他们的扣子，这天下午人们可以看到许多孩子只有一根背带吊着他们的裤子，但是他们却都参观了哈巴狗的坟墓。可是："在制革厂的外面，紧靠着入口的地方，站着一个衣服褴褛的女孩子。她很可爱，她的卷发很美丽，她的眼睛又蓝又亮，使人看着感觉愉快。她一句话也不说，但是她也不哭。每次那个门一打开的时候，她就朝里面怅然地望很久。她没有一个扣子——这点她知道得清清楚楚，因此她就悲哀地待在外面，一直等到别的孩子们都参观了坟墓、离去了为止。然后她就坐下来，把她那双棕色的小手蒙住自己的眼睛，大哭一场；只有她一个人没有看过哈巴狗的坟墓。就她说来，这是一件伤心事，跟成年人常常所感到的伤心事差不多。"

　　这个故事让我们看到，安徒生对儿童的同情心的确广大无边。

　　回顾童年，谁不曾有过类似安徒生笔下的"伤心事"

呢？但没有大人认真倾听过它们，它们被轻视，被打趣，甚而被呵斥。唯有安徒生，他化身为一切人，了解这个人在特定处境下的生命感觉，因此，他也就能深入孩子的内心去描述他的天性和感觉。当一个孩子感觉到整条街的孩子中唯独她不能参观哈巴狗坟展览会时，她就和恋爱中的人失去爱情或战场上的人失去自己的领地一样伤心。

"孩子们第一次发现了这样一个成年人，他不仅尊重他们的天性，而且能耐心地倾听和理解他们的语言。在他的童话世界里，他把孩子们的日常生活放在和成人相同的层次上看待。"① 安徒生的确是孩子们的知音，其童话故事的确是孩子们非同寻常的存在感的再现——孩子有属于孩子自己的欢乐，也有属于孩子自己的痛苦。

另一方面，安徒生将叙述建立在一种有距离的回视视角之下，使得他的讲述充满牧歌意绪。童年的存在感实质上是失落之后重新捡拾起来的，正如艾姿碧塔所言："对成人来说，不论身为读者或作者，不论事实上是漂泊或是定居生根，儿童读物基本上就是建立在失落的本质之上。因为，它使流逝的、无可逆转的童年再现。"② 童年的确深具牧歌性质，幸福产生于虽永不再来却曾经拥有。童年是一种不可逆的时间性经验，意味着流逝的岁月，因此，童年在本质上具有梦想和田园诗的性质。即使是三岁的儿童也会看着他一岁时的照片，大声说出"这是我小时候"。——他的语气里充

① ［丹］詹斯·安徒生. 安徒生传［M］. 陈雪松，刘寅龙，译. 北京：九州出版社，2005：209.
② ［法］艾姿碧塔. 艺术的童年［M］. 林徽玲，译. 合肥：安徽教育出版社，2005：34.

满了对逝去岁月的惊讶与敬畏之感。在《伤心事》这样的故事里，安徒生与其说是要突出儿童的"痛苦"，不如说是要突出儿童的天真。儿童的天真使得她那在成人看来不值得一哭的痛苦变得真切、敏锐。成人在回视这种痛苦时，则除了同情和经验日丰后的超脱，更感动于她的天真——"这件伤心事，像我们自己和许多人的伤心事一样，使得我们微笑！"

这些儿童既是他们自己，又是逝去的岁月，既是风景，也是纯粹精神。儿童的天真使得儿童成为自然精神的体现和童话精神的体现。

三、儿童是不寻常的风景

在安徒生看来，儿童是不寻常的风景。

他常常站在"高处"、"远处"观察孩子们，并对孩子们充满无限喜爱之情。如《伤心事》《瓦尔都窗前的一瞥》《孩子们的闲话》《铜猪》《卖火柴的小女孩》《小杜克》《老房子》等，安徒生在展示这些孩子的生活时，是一种远距离的"观看"。《卖火柴的小女孩》原本就是他在看到一幅画作后写就的童话①。

在《没有画的画册》中，"儿童即天真、即风景、即奇迹"这一美学观得到了淋漓尽致的反映。

---

① 《卖火柴的小女孩》发表于1846年的《丹麦大众历书》上。安徒生在他的手记中写道："我在去国外旅行的途中在格涅斯登城堡住了几天。《卖火柴的小女孩》就是在那里写的。我那时接到出版商佛林齐先生的信，要求我为他的历书写一个故事，以配合其中的三幅画。我选了以一个穷苦小女孩拿着一包火柴为画面的那张画。"

　　《没有画的画册》被称为小型的《伊利亚特》①。其视野开阔悠远，包含 33 个故事，所有的故事均由"月亮"来讲述。"月亮"是安徒生的化身，也象征造物主般的超脱视角和慈悲情怀。月亮站在高处，目光所及皆风景。其中，孩子是"月亮"最青睐的"风景"。安徒生把许多篇目交给了儿童，如《第二夜》《第三夜》《第五夜》《第七夜》《第九夜》《第十四夜》《第十七夜》《第二十夜》《第二十二夜》《第二十四夜》《第二十六夜》《第三十夜》《第三十一夜》等。

　　儿童即自然，即风景。安徒生化身为月亮，强调了注视者的主体感受。儿童像初升的太阳、叶上的露珠一样，引起人新生的、愉悦的感觉。"儿童"的确是与"自然"一同被"发现"的。"儿童"是独立的精神个体，同时是风景，指向作家的审美理想与自我象征。儿童自在的生命力与纯洁的确是自然精神的集中体现。

　　在艺术的领域里，儿童作为独特的审美对象得到关注和重视经历了漫长的时间。安徒生一定会为自己发现这一"新大陆"而自得。在《第三十三夜》中，安徒生借月亮之口说："我非常喜欢小孩子！""顶小的孩子是特别有趣，当他们没有想到我的时候，我常常在窗帘和窗架之间向他们的小房间窥望，看到他们自己穿衣服和脱衣服是那么好玩。一个光赤的小圆肩头先从衣服里冒出来了，接着手臂也冒出来了。有时我看到袜子脱下去，露出一条胖胖的小白腿来，接着是一个值得吻一下的小脚板，而我也就吻它一下。"——

① 林桦. 谈谈安徒生［M］//没有画的画册. 上海：上海社会科学院出版社，2004：149.

这是安徒生对神奇造物的赞美，但安徒生对于文学史最大的贡献在于，他发现了儿童的天真心思，安徒生因此而被称为"深谙儿童心理的抒情诗人"①。

《没有画的画册》中的《第二夜》是这样写的：

> "这是昨天的事情，"月亮对我说，"我向下面的一个小院落望去。它的四周围着一圈房子。院子里有一只母鸡和十一只小鸡。一个可爱的小姑娘在它们周围跑着，跳着。母鸡呱呱地叫起来，惊恐地展开翅膀来保护它的一窝孩子。这时小姑娘的爸爸走来了，责备了她几句。于是我就走开了，再也没有想起这件事情。可是今天晚上，刚不过几分钟以前，我又朝下边的这个院落望。四周是一起静寂。可是不一会儿那个小姑娘又跑出来了。她偷偷地走向鸡屋，把门拉开，钻进母鸡和小鸡群中去。它们大声狂叫，向四边乱飞。小姑娘在它们后面追赶。这情景我看得很清楚，因为我是朝墙上的一个小洞口向里窥望的。我对这个任性的孩子感到很生气。这时她爸爸走过来，抓着她的手臂，把她骂得比昨天还要厉害，我不禁感到很高兴。她垂下头，她蓝色的眼睛里亮着大颗的泪珠。'你在这儿干什么？'爸爸问。她哭起来，'我想进去亲一下母鸡呀，'她说，'我想请求它原谅我，因为我昨天惊动了它一家。不过我不敢告诉你！'"

① ［丹］乔治·布兰兑斯. 童话诗人安徒生［C］//小啦，约翰·迪米留斯. 丹麦安徒生研究论文选. 严绍端，欧阳俊岭，译. 合肥：安徽少年儿童出版社，1999：28.

　　"爸爸亲了一下这个天真孩子的前额，我呢，我亲了她的小嘴和眼睛。"

　　《没有画的画册》之所以被安徒生收入他的童话全集，不在于这些故事中"月亮"在说话，因为事实上，每个故事都是独立的。经由月亮来讲述，就叙事策略而言，最重要的意义不在于赋予无灵魂的月亮以灵魂，即不在于将月亮拟人化，而在于"月亮"作为一种超越性的视角，将一切故事"过滤"，或说，为一切故事覆上了一种"柔和的光彩"——这种光彩是物理现实，但更是一种精神事实，即突显人性的光辉。安徒生赋予了每一件事——不管它是悲剧的还是喜剧的——以柔和的色调，整个叙述的调子是悲悯的，抚慰性的，同时集中把一种儿童般的纯真显示出来。如《第一夜》中恒河边上放花灯的印度女子，《第十六夜》中古怪滑稽却充满了悲壮情感的喜剧丑角，《第二十五夜》中执着而迷信的母亲，这些人物在情感向度上均具有儿童般的纯真。而最富纯真品质的当然是孩子！

　　在《第二夜》中，我们不能不赞叹造物的神奇，世间竟有如此天真的小人儿。"我想进去亲一下母鸡呀！""我想请求她原谅我，因为我昨天惊动了她的一家。不过我不敢告诉你！"儿童的赤诚是世间最美丽的童话，恰如天上的彩虹，是自然界的奇迹，亦是不朽的象征。华兹华斯用诗歌表达的，安徒生用故事来表达。

　　再看《第十四夜》：

　　"'你在看什么？'他问。

"'我在看那鹳鸟,'她回答说,'我们的邻人告诉我,说它今晚会带给我们一个小兄弟或妹妹。我现在正在望,希望看见它怎样飞来!'

"'鹳鸟什么也不会带来!'男孩子说,'你可以相信我的话。邻人也告诉过我同样的事情,不过她说这话的时候,她在大笑。所以我问她敢不敢向上帝赌咒!可是她不敢。所以我知道,鹳鸟的事情只不过是人们对我们小孩子编的一个故事罢了。'

"'那么小孩子是从什么地方来的呢?'小姑娘问。

"'跟上帝一道来的,'男孩子说,'上帝把小孩子夹在大衣里送来,不过谁也看不见上帝呀。所以我们也看不见他送来小孩子!'

"正在这个时候,一阵微风吹动栎树的枝叶。这两个孩子叠着手,互相呆望着;无疑地这是上帝送小孩子来了。于是他们互相捏了一下手。屋子的门开了。那位邻居出来了。

"'进来吧,'她说,'你们看鹳鸟带来了什么东西。带来了一个小兄弟!'

"这两个孩子点了点头;他们知道婴儿已经来了。"

月亮所见的这一幕是一幅自然风景画。两个天真的孩子是这幅画里的特写。

月亮(安徒生)在高处俯瞰着他们,一定深觉造物神奇,两个孩子像自然本身一样单纯神秘,所以对于事物也产生单纯神秘的信仰。他们相信树枝间微风吹动时,其间含有别人无法知晓的神秘启示——他们的弟弟是上帝夹在大衣里送来的。

再看《第十七夜》：

> "这位小姑娘笔直地站着，像一个小玩偶。她的手小心翼翼地从衣服里伸出来，她的手指撇开着。啊，她的眼里，她整个的面孔，发出多么幸福的光辉啊！
>
> "'明天你应该到街上去走走！'她的母亲说。这位小宝贝朝上面望了望自己的帽子，朝下面望了望自己的衣服，不禁发出一个幸福的微笑。
>
> "'妈妈！'她说，'当那些小狗看见我穿得这样漂亮的时候，它们心里会想些什么呢？'"

"啊，她的眼里，她的整个面孔，发出多么幸福的光辉啊！"经由安徒生的"发现"，儿童的自在存在成为神迹光临的见证。"妈妈！当那些小狗看见我穿得这样漂亮的时候，它们的心里会想些什么呢？"孩子如此专注于自身的存在感觉，她所拥有的快乐与海军学生第一次穿上漂亮的制服以及年轻姑娘穿上舞会礼服所拥有的快乐要多得多。

《第二十四夜》是以多瓦尔生为原型的，安徒生曾在许多童话里写到他。多瓦尔生是丹麦一个穷木刻匠的儿子，后来成了世界闻名的雕刻家。因为多瓦尔生与安徒生有着同样的出身底层的经历，安徒生对他充满深刻的感情。

> "爸爸和妈妈睡着了。他望了望他们，也望了望纺车，然后他就把一只小赤脚伸出床外来，接着又把另一只小赤脚伸出来，最后一双小白腿就现出来了。噗！他

落到地板上来。他又掉转身望了一眼,看爸爸妈妈是不是还在睡觉。是的,他们还是睡着的。于是他就轻轻地,轻轻地,只是穿着破衬衫,溜到纺车旁,开始纺起纱来。棉纱吐出丝来,车轮就转动得更快。我吻了一下他金黄的头发和他碧蓝的眼睛。这真是一幅可爱的图画。

"这时妈妈忽然醒了。床上的帐子动了;她向外望,她以为她看到了一个小鬼或者一个什么小妖精。'老天爷呀!'她说,同时惊惶地把她的丈夫推醒。他睁开眼睛,用手揉了几下,望着这个忙碌的小鬼。'怎么,这是巴特尔呀!'他说。"

小小的巴特尔曾经穿着破衬衫偷偷地一个人坐在简陋的小房间里学着他的妈妈在纺纱,日后,他将成为最有创造力的雕刻家。安徒生在儿童身上发现了人性本原的力量。在儿童身上,这种力量不受任何物欲的干扰,而体现为一种纯粹精神。这是一切创造力的神秘根源,正是这种力量使得人类朝前发展。他在《第三十三夜》中把这种原初的天真热忱以另一种方式表现了出来:

"那个四岁的孩子睡在床上,盖着整洁的白被褥;她的一双小手端正地叠在一起,她的小脸露出严肃的表情。她在高声地念《主祷文》。

"'这是怎么一回事?'妈妈打断她的祷告说,'当你念到"我们日用的饮食,天天赐给我们"的时候,你总加进去一点东西——但是我听不出究竟是什么。究竟是什么呢？你必须告诉我。'小姑娘一声不响，难为情地望着妈妈。'除了说"我们每天的面包，您今天赐给我们"以外，你还加了些什么进去呢？'

"'亲爱的妈妈，请你不要生气吧，'小姑娘说，'我只是祈求在面包上多放点黄油！'"

这的确是一幅充满诗情的风景画。她的一双小手端正地叠在一起，她的小脸露出严肃的表情，而她的思想天真而且充满了力量——詹斯·安徒生将之形容为"人类开创新纪元的原始力量"①。

再看看《第二十六夜》：

"那是昨天，在天刚要亮的时候！"这是月亮自己的话，"在这个大城市里，烟囱还没有开始冒烟——而我所望着的正是烟囱。正在这时候，有一个小小的脑袋从一个烟囱里冒出来了，接着就有半截身子，最后便有一双手臂搁在烟囱口上。

"'好！'这原来是那个小小扫烟囱的学徒。这是他有生第一次爬出烟囱，把头从烟囱顶上伸出来。'好！'的确，比起在又黑又窄的烟囱管里爬，现在显然是不同了！空气是新鲜得多了，他可以望见全城的风景，一直望到绿色的森林。太阳刚刚升起来。它照得又圆又大，直射到他的脸上——而他的脸正发着快乐的光芒，虽然

---

① ［丹］詹斯·安徒生. 安徒生传［M］. 陈雪松，刘寅龙，译. 北京：九州出版社，2005：229.

它已经被烟灰染得相当黑了。

　　"'整个城里的人都可以看到我了！'他说，'月亮也可以看到我了，太阳也可以看到我了！好啊！'于是他挥起他的扫帚。"

　　这个扫烟囱的孩子，当太阳照耀着他，新鲜的空气包裹着他，他就拥有了全世界：整个城里的人都可以看到我了！月亮也可以看到我了，太阳也可以看到我了！在这里，孩子在烟囱顶上看风景，而他自己就是风景，他的天真和单纯使得他感受惊奇的能力丝毫不因生活的困苦而受损，所以，他是风景中的风景，是平凡生活中的奇迹。

第四节
天 真 即 善 ， 即 奇 迹

在《没有画的画册》等作品中，安徒生把儿童的天真作为一种风景、一种自然精神来描写，突出了儿童自然形貌之美与自然本性之美。在《白雪皇后》《野天鹅》《拇指姑娘》《旅伴》《铜猪》等作品中，安徒生把儿童纯真的力量放置到更明确的象征模式之中来呈现，将之提升为一种明确的童话精神和宗教精神。

构建托尔金所言的"第一世界"是童话的内在美学要求。它要求一个异境，以对照"平凡"的日常，于是，在一种广大的象征与隐喻模式下，人类的生存状态及理想形态以陌生化的、令人惊奇的方式重新展现在人们的眼前，从而为我们重新思考自身提供了新的角度，这就是童话的力量，也是童话的深度所在。格尔达、艾丽莎、拇指姑娘、约翰奈斯、骑在铜猪背上的孩子等形象，因其处在一种区别于日常形态的"异境"之中，安徒生在他们身上所寄寓的象征意义就扩展到惊人的深度，他们直接成为天真的象征。

一、"她是一个天真可爱的孩子——这就是她的力量"

先来看《白雪皇后》中的格尔达。

《白雪皇后》是安徒生最杰出的童话作品之一。该故事分为七个部分，由七个小故事组成。第一个故事是该童话的序幕，预示着整个故事在一个宏大的象征模式里展开："请注意！现在我们要开始讲了。当我们听到这故事的结尾的时候，我们就会知道比现在还要多的事情，因为他是一个很坏的小鬼。他是一个最坏的家伙，因为他是魔鬼。有一天他非常高兴，因为他制造出了一面镜子。这镜子有一个特点：那就是，一切好的和美的东西，在里面一照，就缩作一团，变成乌有；但是，一些没有价值和丑陋的东西都会显得突出，而且看起来比原形还要糟。最美丽的风景在这镜子里就会像煮烂了的菠菜；最好的人不是现出使人憎恶的样子，就是头朝下，脚朝上，没有身躯，面孔变形，认不出来。如果你有一个雀斑，你不用怀疑，它可以扩大到盖满你的鼻子和嘴。"开头部分讲述者应声出场，显得既神秘又亲切。他将把真理放到一个宏阔的故事情节中去演绎：魔鬼拿着这面镜子乱跑，他们太得意了，甚至想去讥笑一下安琪儿或上帝，于是镜子和魔鬼的怪笑开始可怕地抖起来，最后镜子跌落到地上，跌成几亿、几千亿以及无数的碎片。小加伊的眼里就落入这样一块碎片，他就远离了上帝，远离了天真。于是，他被白雪皇后带到了冰冷的雪的王国——理性王国。白雪皇后吻过他的前额，他的心的一半就成了冰块，白雪皇后再把他吻一下，他就完全忘记了格尔达、祖母和家里所有的人。白雪皇后说："你现在再也不需要什么吻了，因为如果你再要吻的话，我会把你吻死的。"他一整天待在白雪皇后的冰雪宫殿里，玩着冰块的拼图游戏，"这些图案是最了不起的，也是非常重要的东西。这完全是因为他的眼睛里的那块镜子碎片在作怪的缘故"。但他却拼不出他所希望的那个词："永恒"。

然而，小格尔达没有忘记他，并且漫漫长途去找他。

她的信心使她克服了一切障碍和困难，在找到他之前什么也阻挡不了她。经过千山万水，驯鹿带着格尔达来到芬兰的女人面前。驯鹿替格尔达请求芬兰女人给予格尔达更大的力量，好让她能找到被白雪皇后带走的加伊。这时，芬兰女人说：

> 我不能给她比她现在所有的力量更大的力量：你没有看出这力量是怎样大吗？你没有看出人和动物是怎样为她服务吗？你没有看出她打着一双赤脚在这世界上跑了多少路吗？她不需要从我们这儿知道她自己的力量。她的力量就在她的心里；她是一个天真可爱的孩子——这就是她的力量。如果她自己不能到白雪皇后那儿，把玻璃碎片从小小的加伊身上取出来，那么我们也没有办法帮助她！

安徒生借芬兰女人之口阐明了世间最大的力量是一个天真孩子的力量。

"她不需要从我们这儿知道她自己的力量。她的力量就在她的心里"。格尔达找到了加伊，泪水融化了他眼中魔镜的碎片。他们躺下来时就恰好拼凑成那个词：永恒。天真作为一种感性力量加入到理性王国时，追寻永恒才有可能。安徒生继续写道，当他们回到家里，他们"已经是成人了，但同时也是孩子——在心里还是孩子"。

"除非你成为一个孩子，你决计进入不了天堂!"这是安徒生童年信仰的核心，也是《白雪皇后》要传达的核心思想。天真的孩子心体现了本原的善。它不算计，因而能一往无前。安徒生借这个故事强调的是，天真和信心是人世间最大的力量。

《野天鹅》中的艾丽莎也是天真力量和信心的象征。因为艾丽莎是如此善良如此天真，所以恶毒的皇后没有办法真正伤到她：皇后拿起三只癞蛤蟆，把每只都吻了一下，她对第一只说："当艾丽莎走进浴池的时候，你就坐在她的头上，好使她变得像你一样呆笨。"她对第二只说："请你坐在她的前额上，好使她变得像你一样丑恶，叫她的父亲认不出她来。"她对第三只低声地说："请你躺在她的心上，好使她有一颗罪恶的心，叫她因此而感到痛苦。"于是她把这几只癞蛤蟆放进清水里。当艾丽莎走进水里的时候，头一只癞蛤蟆就坐到她的头发上，第二只就坐到她的前额上，第三只就坐到她的胸口上。可是艾丽莎一点也没有注意到这些事儿。当她一站起来的时候，水上漂浮着三朵罂粟花。皇后罪恶的想法没有得逞！因为艾丽莎"太善良、太天真了，魔力没有办法在她身上发生效力"。

《野天鹅》取材于民间童话，经过安徒生的改写，发出了璀璨的光辉。把它与格林童话中的《六只天鹅》一比较，就会发现安徒生改写童话的卓越才华。他在这个故事里加入了许多表达情感的细节，尤其值得注意的是，天真作为一种被明确意识的现代童话精神被安徒生彰显出来。

在格林童话中，小王子一穿上小衬衣，就直接变成了天鹅。在安徒生的童话中，恶毒的皇后说，"你们像那些没有声音的巨鸟一样飞走吧"，可是，十一个小王子没有变成无声的巨鸟而变成了十一只美丽的天鹅——恶毒的魔法在孩子身上难以发生它的效力。而艾丽莎是那么善良那么天真，施了魔法的癞蛤蟆不能使她变丑变坏，艾丽莎天真的力量反倒使得癞蛤蟆变成了花！"如果这几只动物不是有毒的话，如果它们没有被这巫婆吻过的话，它们就会变成几朵红色的玫瑰。但是无论怎样，它们都得变成花，因为它们在她的头上和心上躺过。"天真即善，在艾丽莎头上心上躺过，癞蛤蟆也会变成花。

在这个故事里，安徒生遵循民间童话叙事的基本模式：好人受难—最终获得幸福，但安徒生在这一模式中强调了单纯的心灵能生发出罕见的力量，从而使我们深信，"寻求者得救"非倚赖神迹，而倚赖内心的天真和信心——强度情感导致奇迹出现。

艾丽莎对她的哥哥们怀有这样深切的感情，所以，当艾丽莎祈求"我希望梦见怎样才能把你们解救出来"，仙女就来指点她；艾丽莎的小哥哥对艾丽莎怀着那样深切的痛惜之情，于是，他一落泪，泪水落到的地方，艾丽莎手上采集荨麻所起的血泡就不见了。艾丽莎冒着即使被主教污蔑、被王子误解甚至可能被绞死的危险，也不愿意说出采集荨麻的秘密——因为一旦说出秘密，就会危及她的哥哥们的性命，艾丽莎为爱忍受了难以形容的痛苦，当她把十一件衣服抛向天鹅哥哥们时，那些预备用来烧死她的木头刹那间就生根发芽、长枝开花："有一阵香气在徐徐地散发开来，好像有几百朵玫瑰花正在开放，因为柴火堆上的每根木头已经生出了根，冒出了枝子——现在竖在这儿的是一道香气扑鼻的篱笆，又高又大，长满了红色的玫瑰。"这动人的场景真是对艾丽莎感人至深的爱与牺牲精神的礼赞！

天真善良的力量比所有的力量都要大，芬兰女人说："你没有看出这力量是怎样大吗？你没有看出人和动物是怎样为她服务吗？"格尔达是如此天真善良，所以人和动物都要来帮助她。艾丽莎是如此天真善良，所以，小耗子和画眉鸟也要来帮她——在最后一晚，为了把荨麻衣服尽快做出来，"小耗子在地上忙来忙去，把荨麻拖到她的脚跟前来"，"画眉鸟栖在窗子的铁栏杆上，整夜对她唱出好听的歌，好叫她不要失掉勇气"。而拇指姑娘是如此天真、善良，所以小鱼要来帮助她，燕子要来帮助她。约翰奈斯是如此天真善良，所以，那得到死后安宁的人化身为旅伴来帮助他。天真的孩子还能使铜猪跑动，正如铜猪说的："我帮助了你，你也帮助了我呀，因为只有当一个天真的孩子骑在我背上的时候，我才能有力量跑动！"

二、失却天真就会迷失

反之，若失却天真，就会失却谦卑心，就会骄傲，就会迷失和堕落。

安徒生在《红鞋》《踩着面包走的女孩》等作品中塑造了珈伦、英格尔等儿童形象。

珈伦的心思里只有红鞋。"世界上没有什么东西能跟红鞋比较!"在妈妈入葬的那天,她得到了第一双红鞋,这不是服丧时该穿的东西,但她穿上去了。受坚信礼的时候,穿红鞋是不妥当的,但她穿上去了。当牧师把手搁在她的头上,讲着神圣的洗礼、讲着她与上帝的誓约以及一个基督徒的责任的时候,她心中只想着她脚上的红鞋。她忘记了唱圣诗,也忘记了念祷告。当收养她的那位老太太病倒的时候,她穿着红鞋去城里参加盛大的舞会去了。于是,她的红鞋就开始惩罚她,就带着她一直跳一直跳,跳到街上,跳出城门,跳到黑森林里,跳到田野和草原上,在雨里跳,在太阳里也跳,在夜里跳,在白天也跳。她失却了天真,她的虚荣使她受到了惩罚。唯有当她重新拥有一颗虔诚的心,并向上帝请求帮助时,她的灵魂才骑在太阳的光线里飞进天国。这是一个关于堕落与救赎的故事,"红鞋"是虚荣与欲望的代名词,唯有丢掉它,回到纯真,才能获救。

在《踩着面包走的小女孩》中,安徒生重复了这一主题——英格尔的傲慢使得她堕落。为了不弄脏衣服,她把女主人送给她妈妈吃的面包踩在脚下,于是她就沉落到沼泽里,走进地狱,成了一尊僵硬的雕像。听到人们的指责,"她的内心比她的身体变得更僵硬"。可是有一天,"当她听到她的名字和故事被讲给一个天真的小孩听的时候,她发现这个小女孩为了这个骄傲和虚荣的英格尔的故事流出眼泪来"——

"难道她再也不能回到这地面上来吗?"小女孩问。回答是:"她永远也不能回来了。"

"不过假如她请求赦罪,答应永远不再像那个样子呢!"

"但是她不会请求赦罪的。"回答说。

"如果她会的话,我将是多么高兴啊,"小女孩说。她是非常难过的。"只要她能够回到地上来,我愿献出我所有的玩具。可怜的英格儿——这真可怕!"

这些话透进英格儿的心里去,似乎对她起了好的作用。这算是第一次有人说出"可怜的英格儿"这几个字,而一点也没有强调她的罪过。现在居然有一个天真的孩子在为她哭,为她祈祷。这使得她有一种奇怪的感觉!

小女孩天真的声音发生了神奇的作用,冰冷僵硬的英格尔开始有了想哭的感觉。

当这个小女孩变成一个老太婆被上帝召回去的时候,她像一个小孩子似的在天国里站着,为可怜的英格尔流泪。这种"来自上面的、不曾想到过的爱",终于把英格尔征服了。她痛哭起来。当她在悔恨中认识到宽恕的门永远不会为她打开时,马上一线光明向地下的深渊射来,她获救了,变成了一只鸟儿飞到人世间去了。

安徒生在这个故事里强调了:失却天真,为虚荣和私欲所迷惑,就会堕落。同时他也强调了那个小女孩"天真的声音"。孩子的天真作为一种明确的感召和拯救力量出现在这个故事里,在道德的维度上,天真即儿童似的感同身受的同情和悲悯。

第五章

 儿童精神关联域

　　"儿童"一经被发现，与之相关联的领域随即被打开，比如对自然的关注，对感性的推崇，对纯朴事物的同情，等等，正是这些元素共同支持了安徒生童话的美学品格和精神向度。

第一节

崇 尚 自 然

一、童话是自然的载体

　　浪漫主义文学崇尚自然，强调文学以自然为对象和表现人的自然感情。因此，这个"自然"既是指大自然，也是指人的自然本性。

　　浪漫主义者深刻地看到了工业文明与都市文明破坏了人与自然的和谐，所以他们主张"返回自然"，着力歌颂大自然和自然人性。拜伦、雪莱、华兹华斯、柯勒律治、济慈、荷尔德林等，这些浪漫主义的歌者，把大海、河流、山峦、花鸟与四季带到了文学作品中。

　　浪漫主义诗人是自然的发现者，风景的发现者。

　　而安徒生，也是一位风景的发现者。北欧文化是依托其独特的自然环境发展出来的，它追求与自然的和谐。安徒生出身底层，与大自然亲密对话，成名后寄住各个贵族家庭，亦时时与庄园优美的自然环境相处。而他频繁的旅行生活，则使他真正成为大自然的朝圣者。

安徒生是他所处时代最伟大也最勇敢的旅行者之一。他一生出国旅游达30次，在德国、瑞士、意大利、希腊、法国、英国、西班牙、土耳其等国出游的时间加起来达到9年之久，足迹遍及整个欧洲，也是第一个周游丹麦全国的作家①。安徒生居无定所，终生未娶，他就像自然本身一样"处于运动之中"，他说，旅行即生活。旅行是他的主要生活方式，也是他精神探索的有效方式，正如詹斯·安徒生所言："他一生都渴望着在人类的世界和周围的环境中旅行，或者不论远近各处走走，目的是为了研究自然的边界到底在哪里"，也为了"使自己更多地了解自然和人类的生活"②。安徒生说："一直旅行吧，为了生活，为了爱，为了学习，出发吧！"③

可以说，正是旅行生活使得安徒生打破民族、国别和文化的限制，具有真正意义上的世界情怀；也正是旅行生活，使他终生与自然亲密相处。自然是他的心灵疗养所，是他创作的素材和灵感来源，也是他世界观与美学观形成的根基。他的全部创作都根植于他与大自然的最真诚的关系之中。

---

① ［丹］詹斯·安徒生. 安徒生传［M］. 陈雪松，刘寅龙，译. 北京：九州出版社，2005：410.

② ［丹］詹斯·安徒生. 安徒生传［M］. 陈雪松，刘寅龙，译. 北京：九州出版社，2005：411.

③ ［丹］詹斯·安徒生. 安徒生传［M］. 陈雪松，刘寅龙，译. 北京：九州出版社，2005：414.

他一生写了 23 部游记，在这些游记中描绘了大量优美壮观的自然风光，还在旅游途中即兴画了许多风景画。他的诗歌、小说、戏剧、剪纸、素描等，都体现了深刻的自然精神。

而他的童话创作，则把自然精神上升为童话精神。

他把童话视为自然精神的载体，使得自然以令人惊讶的方式重新展现在我们面前，并通过自然看到我们自身。

他为目力所及的一切自然物写传奇，如《雏菊》《坚定的锡兵》《鹳鸟》《荞麦》《夜莺》《恋人》《丑小鸭》《织补针》《跳高者》《牧羊女和扫烟囱的人》《老路灯》《邻居们》《一滴水》《幸福的家庭》《衬衫领子》《亚麻》《区别》《老墓碑》《一个豆荚里的五粒豆》《两个姑娘》《铜猪》《瓶颈》《老栎树的梦》《笔和墨水壶》《两只公鸡》《演木偶戏的人》《甲虫》《蝴蝶》《蜗牛和玫瑰树》《一枚银毫》《茶壶》《烂布片》《夏日痴》《癞蛤蟆》《蓟的遭遇》《烛》《乘邮车来的十二位旅客》《一星期的日子》，等等。其间有动物，有植物，有静物，还有风、阳光、白雪皇后、冰姑娘、梦神、死神、接骨木树妈妈、玫瑰花精、影子、树精、牙疼姑妈、小鬼、一周七天、一年十二个月等抽象无形的事物。他像一切童话家一样，继承了原始初民及儿童观察事物的方式，使一切自然物人格化、生命化。

安徒生的杰出之处在于，他对大自然的臣服，恰如他对儿童本性的臣服。

在一个日益远离自然的时代，安徒生是自然的朝圣者，也是人类生活的导师，他直接向自然学习，深谙自然的秘密即人类自身的秘密。他在更高的意义上确立了人与自然的终极和谐关系——当工业文明破坏了人与自然的原始关系之后，人类要重返自然必得向自然学习，在自然中体认到自身的存在。他的童话无论是整体的精神结构，还是细部的把物生命化，皆体现了尊重自然、师法自然的自然精神。

他的童话整体上与宇宙、自然契合，童话的节奏即宇宙、自然的节奏，童话的内在秩序即宇宙、自然的内在秩序。所以，他崇尚感情的自然流露，崇尚民间的朴素事物，崇尚儿童，所以，能大胆使用通俗而不讲究工整形式的语言，也因此，能把儿童放到文学的中心位置。

在作品的细部，他像小雏菊一样，"坐在它的小绿梗上向温暖的太阳光、向周围的一切学习，学习了解上帝的仁慈"①。他觉得，自然是上帝存在的证明，自然是奇迹的显示，自然既是一种物质形态，也是一种纯粹精神。"雏菊觉得它在寂静中所感受到的一切，都被百灵鸟高声地、美妙地唱出来了"，而安徒生也以童话的形式把他"在寂静中所感受到的一切"高声地、美妙地唱出来了。

那么，他在寂静中感受到了什么？

他在一切物象里看到人，同时赋予一切物象以灵魂。他改变了我们对世界的看法。自然界里所有细微的动荡，都能唤起他对于人类的同情，只要我们屏声凝听，一切物象内敛的生命力将在我们面前展开。

---

① ［丹］安徒生. 雏菊［M］//安徒生童话故事全集：第一卷. 叶君健，译. 杭州：浙江文艺出版社，1999：167.

二、"自然是可见的精神，精神是不可见的自然"

安徒生的自然观与谢林的自然哲学、德国浪漫主义诗人的自然观及丹麦物理学家 H. C. 奥斯特的自然观都有直接的关联，他强调自然和人类精神之间的联系和类同。神圣而永恒的事物反映在自然现象中，反映在人这一物种的身上，也反映在人的创造物之中，正所谓："大自然是可见的精神，精神是不可见的大自然"①。安徒生的自然观充分反映在他的童话创作中。

（一）自然是童话生长的土壤

安徒生直接描写自然物的作品如《鹳鸟》《一个豆荚里的五粒豆》《雏菊》《恋人》《夜莺》《丑小鸭》《枞树》《树精》《坚定的锡兵》《织补针》《一枚银毫》《老路灯》《衬衫领子》《铜猪》《亚麻》《瓶颈》《甲虫》等，这些作品中的自然物从不独立于人类世界之外，它们就是人类日常场景中的一部分。如《鹳鸟》中的鹳鸟世界，这个世界与人类世界同在一个空间里，相互交叉，又各得其所，其景象正如托尔金所言的"第二世界"，如此现实，又如此惊奇。然而，我们需要研究的不是鹳鸟是否会说话，而是对鹳鸟世界（自然界）的尊重，以及这个世界所引起我们的惊奇感觉；另一方面，童话以拟人的方式进展，传达给我们的，除了事实意

---

① 林桦. 安徒生文集·总序 [M] // [丹] 安徒生. 安徒生文集. 林桦，译. 北京：人民文学出版社，2005：39.

义，还有更重要的修辞意义，即当鹳鸟世界呈现在安徒生的笔下时，这个世界对于我们看待自身以及自身所处的世界有何启发。

在《鹳鸟》中，安徒生告诉我们，在一个小城市的最末尾的一座屋子上，有一个鹳鸟窠。鹳鸟妈妈和她的四个小孩子坐在里面，在屋脊的不远处，鹳鸟爸爸在直直地站着。在下边的街上，有一群孩子在玩耍，当他们一看到鹳鸟的时候，就恶作剧地唱起关于鹳鸟的歌来。——这是安徒生所观察到的实景，我们首先看到的是农业时代向工业时代过渡时期的普通场景，"在一个小城市的最末尾的一座屋子上"——这样的描写有许多暗示，因为我们清楚卢梭的思想在整个19世纪浪漫主义思潮中的反响，以及工业文明的推进强度。那么，我们可以观察到，安徒生笔下的时代仍然是鹳鸟与人类生活在一起的时代。安徒生的童话是建立在这个时代的时代特点之上的——自然正在远离，但尚未远离。

笔者于2013年11月至2014年11月在丹麦安徒生中心访学，彼时致力于寻求异域文化的实证经验，用安徒生的眼光来打量周遭的一切，于是很快就发现，我在欧登塞已无可能见证一只住在人家屋顶上的鹳鸟。鹳鸟在安徒生童话中不断出现，因为它们实在是农耕时代最寻常的风景，然而到了今天，意味着，即便是欧登塞的孩子们，安徒生笔下的鹳鸟已然成为传奇，而不再是日常风景的一部分。我想强调的是，我们在考察安徒生童话时，必须注意到它诞生的时代背景。

在安徒生童话中，自然首先是背景，是童话生长的土壤。安徒生的几乎所有童话故事的背景都是一个有人类、有动植物活跃在其中的自然背景。而他的童话的主人公大多就是动植物、静物或生活在底层的普通人。因此他的童话是从大自然里生长出来的童话。安徒生并不是在都市里随意幻想一个原始森林。彼时，人与自然仍部分保留了互不分离的原始景象。什克洛夫斯基曾经表示，童话是在草原上、森林里、山岭中写出来的①。脱离了自然，童话就只有死亡。童话本质上是属于大自然的。

对安徒生而言，创作童话即描写自然物。正如他自己所说的："我的材料极为丰富，比写其他题材的作品多得多，我有种感觉，似乎每个篱笆、每朵小花都在说：'看着我，你就会写出我的故事。'如果我愿意，我心中就有了一个故事。"②

康·巴乌斯托夫斯基也说，安徒生"善于在随便碰到的事物中发现美好的和有意义的东西，并且有为它们感到欢乐的能力"③。他善于单独地同大自然在一起，倾听它们的声音，这是一种罕见的才能。那么，自然物在安徒生那里难道就只能成为象征主义式的"客观对应物"吗？或成为华兹华斯式的理想的归宿和道德力量的源泉？不是的。

（二）赋予自然物以灵魂

在安徒生的童话里，自然物与象征物不是同等的概念。

---

① 徐岱. 诗性与童话——关于艺术精神的一种理解［J］. 杭州师范学院学报，2006（4）：35.
② ［丹］詹斯·安徒生. 安徒生传［M］. 陈雪松，刘寅龙，译. 北京：九州出版社，2005：234.
③ ［苏］康·巴乌斯托夫斯基. 童话作家［J］. 田雅青，译. 未来，1982（3）：190.

它首先是自然物，是有灵魂的自然物。其次，它作为一面镜子，作为有灵魂的独立个体，在它的个性中显示出人类的一般特性来，这时候，我们也可以将之视为象征物。正如同安徒生的儿童观：儿童首先是孩子自身，有独立的人格与灵魂；其次他也成为诗人的象征物，作为成人世界的镜子而存在。

所以，安徒生才说，自然即精神，精神即自然。而童话即自然精神的载体。

举例来看看安徒生是如何深入自然物，并赋予自然物以灵魂。

鹳鸟有一个与人类世界并行不悖、相互交往的世界，就像人们看到的那样，一个生活在屋顶，一个生活在地上。孩子们一看见鹳鸟，就唱起古老的关于鹳鸟的歌来。

"我们会被吊死和烧死吗？"小鹳鸟们说。

"不会，当然不会的，"妈妈说，"你们将会学着飞；我来教你们练习吧。这样我们就可以飞到草地上去，拜访拜访青蛙；他们将会在水里对我们敬礼，唱着歌：'呱——呱！呱——呱！'然后我们就把他们吃掉，那才够痛快呢！"

"那以后呢？"小鹳鸟们问。

"以后所有的鹳鸟——这个国家里所有的鹳鸟——将全体集合拢来；于是秋天的大演习就开始了。这时大家就好好地飞，这是非常重要的。谁飞得不好，将军就会用嘴把他啄死。所以演习一开始，他们就要好好地学习。"

这次以后，有一段时间过去了。小鸟已经长得很大，可以在窠里站起来，并且远远地向四周眺望。鹳鸟爸爸每天飞回来时总是带着好吃的青蛙、小蛇以及他所能寻到的鹳鸟吃的山珍海味。啊！当他在他们面前玩些小花样的时候，他们是多么高兴啊！他把头一直弯向尾巴上去，把嘴弄得啪啪的响，像一个小拍板。接着他就讲故事给他们听——全是关于沼泽地的故事。

"听着，现在你们得学着飞！"有一天鹳鸟妈妈说。四只小鹳鸟也得走出窠来，到屋脊上去。啊，他们走得多么不稳啊！他们把翅膀张开来保持平衡。虽然如此，还是几乎摔下来了。

"请看着我！"妈妈说，"你们要这样把头翘起来！你们要这样把脚伸开！一、二！一、二！你要想在这世界上活下去就得这样！"

小鹳鸟和鹳鸟妈妈所展示的生活场景在安徒生童话里随处可以找到。这种描写是拟人的，意即"主观"的，可是它所呈现的客观性达到了惊人的程度——鹳鸟的生活不就是这样的吗？以及鸭子的世界、海底人鱼们的世界、补衣针的世界、甲虫的世界——他们的世界如何被呈现，完全取决于他们所处的环境和他们原初的天性。这个世界既是拟人的，也是自然界的。

一只鸭子、一棵枞树、一粒豌豆、一丛蓟、一朵雏菊、一片叶子、一个玩具都有属于自己的传奇。当安徒生专注于写一个主角的传奇时，他就深入了这个主角的灵魂和作为一个生命主体的细微感受，他了解他笔下的主角的底细和人格的源头，这个主角作为个体区别于其他个体的地方不在于这个主角的原型是"人"还是"物"，而在于此个体与彼个体之间的区别。所以，卖火柴的小女孩有属于自己的精神幻象，豌豆上的公主有区别于他人的高度敏感，满街人称赞皇帝的衣服是多么漂亮时，唯独孩子有无关他人的视角，而枞树有遏止不住的"长大、长大"的愿望，最小的人鱼独爱栽种像太阳一样的花，丑小鸭心目中的理想形象除了天鹅没有别的，鹳鸟的生活就是鹳鸟妈妈所形容的那样："你想要在这个世界上活下去就得这样!"那些属"物"的形象，其"物"的属性作为一种自然本性参与了个体的人格构成，因此产生了此个体与彼个体的差别。可是，他们要获得内心自由的愿望类属于一种普遍的宇宙愿望，因此也是人类的一般愿望。所以，我们能够说，渴望美好生活的卖火柴的小女孩是"我"，超升到天空来的小人鱼是"我"，生在养鸭场里的丑小鸭是"我"，比死神跑得更快的母亲是"我"，以为"生活在别处"的枞树是"我"，自以为是、自不量力的甲虫是"我"，抱定锡枪勇往直前的小锡兵是"我"，鹳鸟妈妈和小鹳鸟都是"我"……

安徒生在一种宇宙生命的观念之下，把"我"加入到他笔下的每一个角色之中，而且深入到这些角色的灵魂之中，他就把童话人物的心理内容扩展到了惊人的深度。因为，那些拟人形象，无论丑小鸭、小人鱼、枞树，都不再是伊索寓言、拉封丹寓言里那些可被置换掉的动植物角色。他们的个体特征如此鲜明，以至于每一个拟人形象都有绝不会被混淆的个性与灵魂，并且具有普遍意义。就这样，人们惊奇地发现了安徒生的写作深度——从儿童世界和自然物世界走向自我象征和普遍人性。

因此，写作的关键是：深入灵魂的能力。

当他深入对象的灵魂时，主客体之间清楚的界限消失了，他笔下的世界完全被内在的、不受限制的生命所代替。我们就觉得安徒生笔下的孩子就真是那孩子，安徒生笔下的鹳鸟就真是那鹳鸟，安徒生笔下的小人鱼就真是那小人鱼，安徒生笔下的枞树就真是那枞树，"他完全深入自然物，首先大自然应该有自己的生活，然后，一般的思想才自然出现"①。

他对自然物的了解跟了解自我一样多。

他在散步时与自然的对话绝不少于与人的对话，他与自然物的关系甚至比与人的关系要亲密得多。他像那穷苦的渔夫以及穷苦的小女孩一样，完全了解夜莺的颜色和声音（《夜莺》），他也知道麻雀们相认的方式是——"应该说：'叽！叽！'同时用左脚在地上扒三次"（《邻居们》）。他还知道一个豆荚的秘密（《一个豆荚里的五粒豆》）：那就是"它们都是绿的，因此它们就以为整个世界都是绿的"。他对自然物知道得这么多，所以，他能够为自然物写传奇：

有一个豆荚，里面有五粒豌豆。它们都是绿的，因此它们就以为整个世界都是绿的。事实也正是这样！豆荚在生长，豆粒也在生长。它们按照它们在家庭里的地位，坐成一排。太阳在外边照着，把豆荚晒得暖洋洋的；雨把它洗得透明。这儿是既温暖，又舒适；白天有

---

① ［丹］保尔·维·鲁玻. 文学的大体裁和小体裁［C］//小啦，约翰·迪米留斯. 丹麦安徒生研究论文选. 林桦，译. 合肥：安徽少年儿童出版社，1999：104.

亮，晚间黑暗，这本是必然的规律。豌豆粒坐在那儿越长越大，同时也越变得沉思起来，因为它们多少得做点事情呀。

"难道我们永远就在这儿坐下去么？"它们问。"我只愿老这样坐下去，不要变得僵硬起来。我似乎觉得外面发生了一些事情——我有这种预感！"

许多星期过去了。这几粒豌豆变黄了，豆荚也变黄了。

"整个世界都在变黄啦！"它们说。它们也可以这样说。

忽然它们觉得豆荚震动了一下。它被摘下来了，落到人的手上，跟许多别的丰满的豆荚在一起，溜到一件马甲的口袋里去。

"我们不久就要被打开了！"它们说。于是它们就等待这件事情的到来。

"我倒想要知道，我们之中谁会走得最远！"最小的一粒豆说，"是的，事情马上就要揭晓了。"

"该怎么办就怎么办！"最大的那一粒说。

他完全知道一粒豌豆该有的感觉。在豆荚马上要爆开之前，"该怎么办就怎么办！"这就是豌豆的原则，也是自然的核心原则——该怎么办就怎么办！

豌豆绿了就黄，黄了就被摘下来，摘下来就"啪"地裂开来，裂开了就一粒一粒被小男孩当做豆枪的子弹射出来——各有各的前程——各得其所。其中有一粒落在顶楼窗子下面的一块旧板子上了，就这样，它开出花了，在顶楼小姑娘的眼里，它成了上帝赐予的恩物，它唤起了小姑娘生命的生机。这就是安徒生对于自然的理解。它是奇迹，是上帝的美妙造物。它既是有机自然物，又是有情有意的精神体。

因此，安徒生在深入自然物的同时也就深入了自我深处。正如美国社会学家罗伯特·林德所说："他可以写一篇关于补衣针的寓言，把它写得像一只狗或一个小学生那么栩栩如生。他赋予他所见到的一切——瓷牧羊女、锡兵、老鼠和花儿——以生命、动作和言谈这样一些与人类相同的东西。他能够使人们壁炉上的摆设从事壮丽的冒险，在一把钳子或一个门环上，他所能发现的东西比我们大多数人在男人和女人身上发现的还多。他是无数幻想故事的构想者。"①

他知道陀螺也需要自我认同，因此，"如果我撒谎，那么愿上帝不叫人来抽我！"他知道球的虚荣心是"和一个燕子订了一半的婚"。（《恋人》）知道一只鸭子的教养是"总是把腿摆开"。（《丑小鸭》）他知道小枞树的渴望是急着要长大，"我希望我像别的树一样，是一株大树"。（《枞树》）而流浪国外、被视为假货的钱币，他最快乐的事当然是"回到家里来"，"虽然我像一枚假钱币一样，身上已经穿了一个孔。但是假如一个人实际上并不是一件假货，那又有什么关系呢？一个人应该等到最后一刻，他的冤屈总会被伸雪的——这是我的信仰"。（《一枚银毫》）他也知道向着太阳光盛开的小雏菊会有怎样的谦卑喜悦，又会有怎样的无助与无奈。（《雏菊》）同时知道雪人怀着对火炉的爱情时的体会："我也几乎等于是完了，我想我全身要碎裂了"。（《雪人》）

---

① ［丹］伊莱亚斯·布雷斯多夫. 从丑小鸭到童话大师——安徒生的生平及著作［M］. 周良仁，译. 哈尔滨：黑龙江人民出版社，2005：389.

而甲虫（《甲虫》）、缝衣针（《织补针》）、衬衫领子（《衬衫领子》）、茶壶（《茶壶》）的性格又何尝不是人类中的一种普遍性格，那点虚荣，那点骄傲，那点自以为是，以及自我安慰的本领，何尝不在我们的生活中随处可见。

那个小小的锡兵，因为只有一条腿，他不完整，所以是悲剧性的，他很滑稽，所以也是喜剧性的。于是，他一切的遭遇都带有悲壮的色彩，同时带有喜剧的色彩。当他坐在纸船上被沟里的大浪弄得头都晕了的时候，安徒生写道："他立得很牢，面色一点儿也不变，他肩上扛着毛瑟枪，眼睛向前看。"这种描写，我们可以看成是物性和人性的完美结合，更可理解为以我心写他心。当纸船流进一条很长很宽的下水道里去的时候，小锡兵想着："我倒要看看，我究竟会流到一个什么地方去！""对了，对了，这是哪个妖精搞的鬼。啊！假如那位小姐坐在这船里，就是再加倍的黑暗我也不在乎。"锡兵的想法显得如此滑稽又如何悲壮，恰如《没有画的画册》中《第十六夜》中的那个滑稽喜剧演员普启涅罗，他的外表如此滑稽，但他内在的庄严的感情深深地震动了我们。安徒生在锡兵这个小小的物体里注入的是普启涅罗般的感情。那么，那小小的玩具小锡兵，在我们的眼里，既是自然物，又是我们内心隐秘感情的象征。

安徒生让他童话中的自然物独立存在，让其中各种物象按照自己的规律"生存"，每一朵花、每一棵树、每一只虫子、每一种器物都有一个活跃而焦虑的灵魂。于是，主客观之间的界限消失了，只剩下无限自由的内在生命在行动，在说话，在沉思默想。

安徒生借此告诉我们，同情自然物，即同情我们自身，正如同情儿童即同情我们自身。当我们忽视了自然物、忽视了儿童、忽视了与我们共在的其他生命的时候，我们就不再能如此敏锐地感受到自己的存在。

安徒生在他的童话里所体现的即物即人的写物才华，后世无人能及。

因为其写作的基础是建立在对自我与自然的神秘沟通之上。这种能力在某种意义上来说，是天才的产物，非后天的知识训练所能达致；同时也是时代的产物——当我们告别了对神秘事物的信仰，远离了大自然，我们就丧失了与自然沟通的能力。安徒生深入自然物，与自然物对话，赋予自然物以灵魂，自然物与自然人性相互说明。由这种思维模式所构想的幻想故事，突出了自然与自我的双主体性。安徒生正是以此方式把自然的惊奇重新展现在人们的眼前，同时自然作为一面镜子映照出万千世态。

（三）自然是生命的启示

有人问：安徒生先生，您的思想到底来自何处呢？安徒生回答：哦，亲爱的朋友，如果你在一个大晴天出去玩的话，可能随便会坐在一棵山楂树下，你也许碰巧就会有同样的想法，唯一不同的是，你的想法是你的，而写下的，也只能是我的。安徒生继续说：只要有意识地去听，再加上足够的耐心，任何人都可以在自然界中寻觅到一种独特的精神和声音。[①]

---

① ［丹］詹斯·安徒生. 安徒生传［M］. 陈雪松，刘寅龙，译. 北京：九州出版社，2005：210.

但现代人没有耐心在自然界中去"听"，去"寻觅"。现代生活把自然界视为客体，视为外在的背景和点缀，这是现代人心灵日益麻木的征象。自然与自我本性共在。自然唤起我们对自然本性的好奇心，唤起对现实的敏感和对自我本性的省察。安徒生把自然视为自我的象征，他在自然里感受到的比一切书本知识都要多。他与自然的相处方式作为一种启示将有助于克服现代生活中的冷漠与隔阂。

亚麻说："嗨，我是多么幸运啊！我将来一定是最幸运的人！太阳光多么使人快乐！雨的味道是多么好，多么使人感到新鲜！我是分外地幸运，我是一切东西之中最幸运的！"雏菊说："我能看，我能听，太阳照着我，风吻着我。啊，我真是天生的幸运！"安徒生借着描写自然物像个孩子似的赞颂着大自然的阳光与雨露，并唤醒人们对自然万物的感受力及对生活的爱恋。

在《旅伴》中，自然是约翰奈斯的安慰和力量源泉。他因父亲的离去而悲恸万分，但"太阳光在绿色树上光耀地照着，好像是说：'约翰奈斯！你再也不会感到悲哀了，天空是那么美丽，一片蓝色，你看见了吗？你的父亲就在那上面，他在请求仁慈的上帝使你将来永远幸福！'"约翰奈斯走在田野上，"田野里的花儿在温暖的太阳光中开得又鲜艳，又美丽。它们在风中点着头，好像是说：'欢迎你到绿草地上来。你看这儿好不好？'"

约翰奈斯虽然成了孤儿，可是，走在"这个广大而美丽的世界里"，他并不感到寂寞，他看见教堂的小妖精高高地站在教堂塔楼上的窗洞里挥着红帽，把手贴在心上，用手指向他飞吻。

　　他睡在田野里的一个干草堆下，觉得"就是一个国王也不会有比这还好的地方"：这儿是一大片田野，有溪流，有干草堆，上面还有蔚蓝的天；这的确算得是一间美丽的睡房。开着小红花和白花的绿草是地毯，接骨木树丛和野玫瑰篱笆是花束，盛满了新鲜清水的溪流是他的洗脸池。小溪里的灯芯草对他鞠躬，祝他"晚安"和"早安"。高高地挂在蓝天花板下的月亮，无疑的是一盏巨大的夜明灯，而这灯决不会烧着窗帘。约翰奈斯可以安安心心地睡着；事实上也是这样。他一觉睡到太阳出来，周围所有的小鸟对他唱着歌："早安！早安！你还没有起来吗?"在这里，自然是否被发现，是否能够成为一种力量，取决于心灵。

　　约翰奈斯的天真和感受力起着决定性的作用。我们来看看他在月光下看到了怎样的自然界的奇景："周围有月光从树枝之间射进来，他看到许多可爱的小山精在快乐地玩耍。他们对他一点也不害怕，因为他们知道他是一个好人；只有坏人才看不惯小山精。他们有些还没有手指那样粗，他们长长的金发是用金梳子朝上扎着的。他们成双成对地骑着树叶和长草上的露珠摇来摇去。有时露珠一滚，他们就跌到长草之间的空隙里去了。这就使得其他的小山精大笑大叫起来。这真是好玩极了！他们唱着歌。约翰奈斯一下子就听出这都是他小时候学过的那些美丽的歌儿。戴着王冠的杂色蜘蛛，正在灌木林之间织着长长的吊桥和宫殿；当微小的露珠落到它们身上的时候，它们就像月光底下发亮的玻璃，直到太阳升起来时才不是这样。这时小山精就钻进花苞里去，风把他们的吊桥和宫殿吹走，它们成为一面大蜘蛛网，在空中飘荡。"

约翰奈斯几乎无时无处不感受到大自然的神奇、美妙以及上帝的仁慈，当他和旅伴爬上高山，走过巨大的松树林时，安徒生写道："约翰奈斯从来没有在这个可爱的世界里一眼看到这么多的美景。太阳温暖地照着；在新鲜蔚蓝色的空中，他听到猎人在山上快乐地吹起号角。他高兴得流出眼泪，不禁大声说：'仁慈的上帝！我要吻您，因为您对我们是这样好，您把世界上最美的东西都拿给我们看！'"

安徒生的童话处处流露着他与大自然的真诚关系，他像孩子似的大声赞美大自然，认为大自然是上帝的奇迹。

窗台下小小的豌豆（《一个豆荚里的五粒豆》）尚且发芽尚且开出花朵来，那么，生命又如何不是一个奇迹。当豌豆花开，小女孩的双眼和脸上发出光彩，并"交叉着一双小手，感谢上帝"。夜莺（《夜莺》）虽然是"一只小小的灰色鸟儿"，可是它的歌声能叫皇帝落泪，能驱赶死神，能使穷苦的小女孩"觉得好像我的母亲在吻我似的"。当整个宫廷里的人喜欢人造夜莺甚于真正的夜莺，但渔夫说："它唱得倒也不会坏，很像一只真鸟儿，不过它似乎总缺少了一种什么东西——虽然我不知道这究竟是什么！"真正的艺术犹似夜莺的歌声，显示出无与伦比的感染力。当克努得在贫病交加的流浪路途中，却格的柳树会千里万里来找他、安慰他。（《柳树下的梦》）

在自然物上，安徒生见证的是生命的奇迹，是上帝的仁慈和启示。

一声鸟鸣、一丝阳光也能在一个阴暗的心里发生作用："落日的一丝光线射进一个囚犯的小室里来。太阳是不分善恶，什么东西都照的！那个阴沉的、凶恶的囚犯对这丝寒冷的光线不耐烦地看了一眼。一只小鸟向铁窗飞来。鸟儿向恶人歌唱，也向好人歌唱！它唱出简单的调子：'滴丽！滴丽！'不过它在铁窗上停下来，拍着翅膀，啄下一根羽毛，让自己膨胀起来，使脖子上和胸前的羽毛都直立起来。这个戴着脚镣的坏人望着它，于是他凶恶的脸上露出一种温柔的表情。一个思想——一个他自己还不能正确地加以分析的思想——在他的心里浮起来了。这思想跟从铁窗里射进来的太阳光有关，跟外面盛开的那几棵春天的紫罗兰的香气有关。这时猎人吹起一阵轻快而圆润的号角声。那只小鸟从这囚徒的铁窗飞走了，太阳光也消逝了，小室里又是一片漆黑，这坏人的心里也是一片漆黑。但是太阳光曾经射进他的心里，小鸟的歌声也曾经透进去过。"（《城堡上的一幅画》）

可见，对安徒生来说，自然是心灵的安慰，是生命的启示，是奇迹显现，是"上帝之爱"无处不在的证明。

第二节
推 崇 感 性

安徒生推崇感性。他以丰富的想象力、真诚的自然感情和对事物的细微感觉对抗刻板的理性。

神话时代结束后，安徒生是少有的创造了杰出的具有跟神话形象一样不朽的童话形象的人。真正的童话形象的塑造不是简单的拟人或类比，而是杰出的与物交流、与神交流、与潜意识交流、与儿童交流的能力体现。

研究丹麦农民文化的爱德华·莱曼对安徒生的想象力有着深刻见解："由于安徒生头脑的一半具有巴布亚血缘，他能够将人类在童年时期所创作的艺术形式——童话发扬起来。童话和神话一样，都是最先在大地上生长出来的'水果'，在安徒生这里，它们又重新萌芽了。它是如此自然地来到了安徒生这里。安徒生做了现代任何一个作家都做不到的事情，即便是很伟大的作家也做不到，那就是，创造了童话形象。这就是他的伟大所在，也是他沉湎其中的事情。"①他笔下的小人鱼、丑小鸭、拇指姑娘、小锡兵、母亲、白雪皇后、格尔达、艾丽莎、影子、奥列·路却埃、穿新衣的皇帝、卖火柴的小女孩、小意达的花儿、夜莺、缝衣针、红鞋、老路灯、一个豆荚里的五粒豆、笨汉汉斯、豌豆上的公主、小克劳斯、打火匣、越走下坡路越高兴的老头子老太太、没有画的画册、光荣的荆棘路、聪明人的宝石、沼泽王的女儿、冰姑娘、茶壶、幸运的贝尔、枞树，等等，都是一些永恒不朽的童话形象，是人类杰出的想象力和深度情感的证明。

他在儿童身上所发现的感性的力量比其他地方都要多。

通过《老房子》这个作品，可以瞥见孩子的天赋同情心是如何表现出来的。"他偶尔来到窗子跟前，朝外面望一眼。这时这个小孩就对他点点头，作为回答。他们就这样相互认识了，而且成了朋友，虽然从来没有讲过一句话。不过事实上也没有这个必要。"一个孩子与一个老人的交情就是这样开始的——那么自然，那么天真，那么感性，丝毫没有成人间的俗套和顾虑。

孩子曾经听他的父母说过："对面的那个老人很富有，不过他是非常孤独的！"于是，一个星期天，这孩子用一张纸包了他的礼物走到老房子的门口来，当那个为这老人跑腿

---

① ［丹］詹斯·安徒生. 安徒生传［M］. 陈雪松，刘寅龙，译. 北京：九州出版社，2005：442.

的仆人走过时，他就对他说："请听着！你能不能把这东西带给对面的那个老人呢？我有两个锡兵。这是其中的一个；我要送给他，因为我知道他是非常孤独的。"孩子这天真的声音里所包含的天赋同情心以及这种同情心里所包含的生气，的确像春天的气息般使人振奋和感动，所以当孩子得到爸爸妈妈的准许去拜访老人时，安徒生写道：

台阶栏杆上的那些铜球比平时要光亮得多；人们很可能以为这是专门为了他的拜访而擦亮的。那些雕刻出来的号手——因为门上都刻着号手，他们立在郁金香花里——都在使劲地吹喇叭；他们的双颊比以前要圆得多。是的，他们在吹："嗒——嗒——啦——啦！小朋友到来了！嗒——嗒——啦——啦！"于是门便开了。

整个走廊里挂满了古老的画像：穿着铠甲的骑士和穿着丝绸的女子。铠甲发出响声，绸衣在窸窸窣窣地颤动。接着就是一个楼梯。它高高地伸向上面去，然后就略微弯下一点。这时他就来到一个阳台上。它的确快要坍塌了。处处是长长的裂痕和大洞，不过它们里面却长出了许多草和叶子。因为阳台、院子和墙都长满了那么多的绿色植物，所以它们整个看起来像一个花园。但这还不过是一个阳台。

这儿有些古旧的花盆；它们都有一个面孔和驴耳朵。花儿自由自在地随处乱长。有一个花盆全被石竹花铺满了，这也就是说：长满了绿叶子，冒出了许多嫩芽——它们在很清楚地说："空气抚爱着我，太阳吻着我，同时答应让我在下星期日开出一朵小花——下星日开出一朵小花啦!"

在这里,孩子目光所到之处,充满生活,充满声音、色彩和形状,那是孩子充溢的生命力和想象力的写照,是孩子真诚的自然感情的写照,同时反衬出房屋的老旧和老人的孤独。

当那个老人说:"亲爱的小朋友,多谢你送给我的锡兵!多谢你来看我!"安徒生继续写道:"'谢谢!谢谢!'——也可以说是——'嘎!啪!'这是所有的家具讲的话。它们的数目很多,当它们都来看这孩子的时候,它们几乎挤作一团。"安徒生的描述是想象性的、情感性的、细节性的。

安徒生童话是一种典型的感性文本,遵循的是感性原则,生动的细节和即兴的情绪流淌是它们的特征。安徒生写一个孩子和老人的交情,不符合"段落分明,结构紧凑,中心突出"之类的要求。安徒生所呈现的是氛围,是"心理场"。对孤独的老房子和孤独的老人来说,孩子的到来,就像春天的喜讯,一切沉睡的生命刹那间全部醒来,整个房子都欢腾起来。这就是孩子的力量。

安徒生强调以真诚的感情对抗刻板的理性。强调像小雏菊一样,"向温暖的太阳光、向周围的一切东西,学习了解上帝的仁慈"。他对生活的基本态度恰如小雏菊一样:"我能看,也能听","太阳照着我,风吻着我。啊,我真是天生的幸运"!

为安徒生所嘲讽的,是背离自然之道的刻板无趣的"知识"。

在《拇指姑娘》中，安徒生明确鄙弃的是鼹鼠。他冷漠、自私、无趣。他有"很高深的知识"，"不过他不喜欢太阳和美丽的花儿，而且他还喜欢说这些东西的坏话，因为他自己从来没有看见过它们"，而拇指姑娘是善美的化身，她具有细腻而丰富的感情，她是自然之子，是自然本身——她是从花里出生的。

在《笨汉汉斯》中，汉斯的两个哥哥，一个能背诵整部字典和三年报纸，一个懂得国家大事，还会绣花。可是，他们刻板、冷漠，自以为是而不自知，在公主面前什么也不会讲，公主说："一点用也没有，滚开！"——这正是安徒生所要强调的，离开生活本身，没有丰富的感受力和纯朴感情，刻板的"知识"一无用处。为安徒生所称赞的是笨汉汉斯，笨汉汉斯用"泥巴"——生活里最原始最粗糙的养料——为他赢得了爱情和王国。

《夜莺》则可看成是安徒生对纯朴的自然感情和对艺术的歌颂。夜莺是自然的精灵，是爱的化身，也是艺术的象征。它小小灰色的样子，宫廷里的人都不认识它，可是，它的歌声具有比死神还要强大的生命力。与夜莺相对照的是"刻板的理性"。整个宫廷的用语、制度和思维方式在夜莺的自然美面前显得极其滑稽而可笑。当真夜莺为皇帝驱逐了死神时，皇帝说："我将用什么东西来报答你呢？"夜莺说："你已经报答我了！当我第一次唱的时候，我从您的眼里得到了泪珠——我将永远忘不了这件事。"安徒生所要表达的是：珍贵的东西是丰富的感受力，是自然感情，是眼泪，而不是"挂在脖子上的金拖鞋"或戴在头上的金王冠，也不是乐师那一部二十五卷的书，所以夜莺说："比起您的王冠来，我更爱您的心。"

《猪倌》《邻居们》等作品重复的是相同的主题。玫瑰在这些作品中作为美的象征而出现。《猪倌》中公主不珍惜王子送给她的夜莺和玫瑰，而选择好玩的小器物，所以，她不配住在王宫，也不配嫁给王子。

在《影子》中，公主以"敏锐"著称，可是，她把自己嫁给了影子，而处决了学者。她混淆了智慧和知识。本质的东西"用心"才能看见，公主为外表所迷惑，因此无法识别善恶和美丑。

安徒生以对比的方式揭示出，与爱为伍，与美为伍，充满生机的感性相对于刻板、粗糙、冷冰冰的理性而言，是多么珍贵。安徒生还通过丰富具体的生活细节来传达自然感情和生活本身的重要意义。安徒生强调像孩子一样去看，去触摸，去感知，因为真正的生活不但充满细节也充满感情，就像《铜猪》中的那幅画——"这幅画里有真理，也有生活，因而大家都对它感到兴趣"。

《野天鹅》与民间童话的最大区别在于安徒生的细节描述。如写到可怜的小艾丽莎待在农人的屋子里时，玩着一片绿叶，"因为她没有别的玩具"，"她在叶子上穿了一个小洞，通过这个小洞她可以朝着太阳望，这时她似乎看到了她许多哥哥的明亮的眼睛。每当太阳照在她脸上的时候，她就想起哥哥们给她的吻"。而写到哥哥们织了网子把艾丽莎带起来往高空飞去时，安徒生写道："他们带着还在熟睡着的亲爱的妹妹，高高地向云层里飞去。阳光正射到她的脸上，因此就有一只天鹅在她的上空飞，用他宽阔的翅膀来为她挡住太

阳。"艾丽莎与哥哥之间的感情正体现在这些动人的细节里。那个最小的哥哥飞在艾丽莎的上空，好让他宽阔的翅膀来为妹妹挡住太阳！而且还在艾丽莎的身边放上一根结着美丽的熟浆果的枝条和一束甜味的草根。

这种充满生活感情的细节在民间童话里是很少见的，但在安徒生童话中，则处处充满生活。《小意达的花儿》中那句"来年夏天再长出来，成为更美丽的花朵"正是生活细节给予的启示，这种启示才是儿童心智成长的养料。在生活层面，安徒生教给孩子们的比其他伟大的文学家要多。因为他用细节来说话，他把哲理寓于感性之中。他师法自然，他在童话文本里遵循自然之道，恰如猫对小洛狄的引导，亦恰如树与灌木对小洛狄的引导（《冰姑娘》）：

"小洛狄，跟我一起到屋顶上去吧！"这是猫开始说的第一句话，也是洛狄懂得的第一句话。"人们老说跌跤什么的——这全是胡说。只要你不害怕，你决不会跌下来的。来吧！这只爪要这样爬！那只爪要那样爬！要用你的前爪摸！眼睛要看准，四肢要放得灵活些，看见空隙，要跳过去紧紧地抓住，就像我这样！"

洛狄照它的话做了。结果他就常常爬到屋顶上，跟猫坐在一起。后来他跟它一起坐在树顶上，最后他甚至爬到连猫都爬不到的悬崖上去。

"再爬高一点！再爬高一点！"树和灌木说，"你看我们是怎样爬的！你看我们爬得多高，贴得多紧，就是顶高、顶窄的石崖我们都可以爬上去！"

洛狄爬上最高的山峰；有时太阳还没有出来，他已爬上了山岭，喝着清晨的露水，吸着滋补的新鲜空气——这些东西只有万物的创造者才能供给。据食谱上说，这些东西的成分是：山上野草的新鲜香气和谷里麝香草以及薄荷的幽香。低垂的云块先把浓厚的香气吸收进去；然后风再把云块吹走，吹到杉树上。于是香气在空气中散发开来，又清淡又新鲜。这就是洛狄清晨的饮料。

第三节
关注细微事物和普通人的生活

安徒生的同情心是广大的，他像个孩子一样，对于身边的一切细微事物有着发自内心的兴趣和同情。相对于"大"，他更喜欢"小"。相对于抽象，他更喜欢具体；相对于成人，他更爱儿童；相对于宫廷贵族，他更爱底层的普通人。

安徒生把儿童放到描写的中心位置时，也包含他对细微事物和纯朴事物的深切同情。所以，安徒生童话除了写孩子，也写植物，写静默不语的什物，写没有名字的老人，写病弱者。正如布兰兑斯所言："他爱儿童是因为他富于感情的心灵把他引向幼小者、弱者和孤怜无助的人。"① 这种选择完全沟通了孩子的思维方式，是儿童视角的具体体现。施皮

---

① ［丹］乔治·布兰兑斯. 童话诗人安徒生［C］//小啦，约翰·迪米留斯. 丹麦安徒生研究论文选. 严绍端，欧阳俊岭，译. 合肥：安徽少年儿童出版社，1999：18.

特勒在《孩子的梦》写道："白天中数千桩小事小物，它们为锋芒已秃的成人冷冷放过，不加多望一眼，或即使看到，也不加注意。可这些小事物却打动着孩子们，因为他们的感受仍那样清新，因为大地事物对于他们是那样新奇，直至潜入孩子们的心灵并且回荡在他们的睡梦中。"① 儿童的心灵是向外敞开的，他以惊奇、易感之心区别于成人的冷漠与迟钝，他姿态低，又无偏见，所以，对于靠近地面的事物有更本能也更强大的关注能力。

当安徒生写出《伤心事》这种故事来时，我们惊叹他的同情的能力超过许多伟大的文学家。一朵雏菊，一粒豌豆，一根缝衣针，一只甲虫，一丝阳光，一枚钱币，这些自然物唯有在安徒生的童话里才成为主角，而且被安徒生表达得那么感性、生动而令人不可忘怀。

在安徒生的"小"国里，拇指姑娘是这个国里最美丽的公主。她那么小，然而是那么美丽，她的摇篮是一个漂亮的胡桃壳，她的垫子是蓝色紫罗兰的花瓣，她的被子是玫瑰的花瓣。最美丽的是她的心。她虽然弱小，却怀着巨大的勇气和悲悯之心，救助了比她大得多的燕子。她是孩子们以及安徒生心目中的天使。而贫寒交加中的卖火柴的小女孩在安徒生的笔下，也散发出天使般的光耀，她全部的心思指向的是爱，对生活的热爱和对祖母的依恋。

安徒生对生命极其敏感。他关注到墙角里一个被冷落的小女孩的心事（《伤心事》），关注到一个小男孩送给一个孤独老人的小锡兵以及他们在窗口的点头致意（《老房子》），

① 刘小枫. 人类困境中的审美精神 [M]. 北京：东方出版社，1994：170.

关注到一粒在窗台下开出小花来的豌豆（《一个豆荚里的五粒豆》），也关注到一只甲虫、一根缝衣针、一个茶壶乃至一个衬衫领子的尊严。

安徒生发现了一个被历史遗忘的领地，这里有天真的孩子、底层民众，以及一切纯朴事物和弱小者。他们虽然"弱""小"，可是，他们坚忍、敏感、谦卑、纯朴，有着高贵的灵魂，"弱"者"不弱"。当然，安徒生同时在一个"小"世界里观察人性的弱点，安徒生本质上是一个温和的人，然而，他用各种各样的故事强调了打破一己的局限是多么重要！他笔下那些吵吵闹闹的鸡鸭、麻雀，以及那些沉浸在自己的小世界里的小物什、小生物，如甲虫、缝衣针、球、陀螺、衬衫领子、烂布片、荞麦等等，他们最大的问题就是：自以为是而不自知。他打击的是庸俗和功利，并以此对照纯朴和天真。

安徒生对生命的敏感和对纯朴事物的关注除了描写孩子和自然界的"小东西"，还体现为对普通人的同情。

《她是一个废物》《祖母》《犹太女子》《老路灯》《瓦尔都窗前的一瞥》《一本不说话的书》《老墓碑》《柳树下的梦》《依卜和小克丽斯玎》《瓶颈》《单身汉的睡帽》《永恒的友情》《藏着并不等于遗忘》《园丁和主人》《看门人的儿子》《幸运的贝尔》《母亲的故事》《夏日痴》《老头子做事总不会错》等许多作品，写的是普通人纯朴真挚的感情。在《谁是最幸运的》中，道具员把一朵滚落到幕后去的玫瑰捡起来，回家后把它送给了祖母。这时候，安徒生写道："又老又衰弱的她坐在一个靠椅里，望着这朵美丽的、残破的玫瑰花，非常欣赏它和它的香气。'是的，你没有走到有钱的、漂亮的小姐桌子边去，你倒是到一个穷苦的老太婆身边来了。不过你在我身边，就好像一整棵玫瑰花树呢。你是多么可爱啊！'""于是她怀着孩子那么快乐的心情来望着这朵花。当然，她同时也想起了她消逝了很久的那个青春年代。"这就是普通人的普通生活。在这里，爱的表示可能只是拾起滚落到地上去了的被掌声遗忘了的一朵小小的玫瑰花，可是，这一朵小小的玫瑰花也等同于"一整棵玫瑰花树"，望着它的人也能够"怀着孩子那么快乐的心情"。

普通人的生活简单朴素，他们的故事正如《老路灯》中说的："你听见过那个老路灯的故事吗？它并不是怎么特别有趣，不过听它一次也没有关系。"普通人的生活"并不是怎么特别有趣"，可是，守夜人和他的妻子对于生活的朴素感情恰恰是历史的河流中沉淀下来的最温暖也最恒久的生活的基础。他们住的地方是一个地窖，却是"很舒适的"，"一切东西都显得清洁和整齐"，窗台上两个花盆里一个长出美丽的青葱——这是这对老年人的菜园，另一个长出一棵大天竺葵——这是他们的花园。他们朴素、勤俭，内心富足，"在星期日下午他们总是拿出一两本书来读——一般说来，总是游记一类的读物。老头儿高声地读着关于非洲、关于藏有大森林和野象的故事。老太太总是注意地听着，同时偷偷地望着那对作为花盆的泥象。""我几乎像是亲眼看到过的一样！"她说。他们把老路灯擦得干干净净，弄得整整齐齐，并且和它一样"享受着内心的平安"。

安徒生在他的童话故事里，把关注的目光对准了一大批纯朴的普通人，他们或遭遇不幸，或一生平淡，但谦卑、忍让、乐观、善良，有着与孩子相似的单纯的灵魂。对他们来

说，一朵玫瑰犹如一棵花树，一把青葱也是一个菜园，一棵
天竺葵就是一个花园，一根榉树枝子就是一个树林（《安琪
儿》）。安徒生用童话为这些普通人写传，传达了安徒生的
童话写作观："美的和善的东西是永远不会被遗忘的。它在
传说和歌谣中将会获得永恒的生命。"（《老墓碑》）也传达
了安徒生童话的一个重要主题：普通人的尊严和日常生活里
的诗意。"苔花如米小，也学牡丹开。"袁枚在诗歌中所表达
的，安徒生在童话中表达出来。

人类过分发展了一种强调主动和积极的文明，强调排挤
他人的能力，幼弱者因而被历史所遗忘。但安徒生把幼弱者
带入他的文学殿堂，并且对他们怀着深厚的感情。安徒生对
"弱""小"生命和普通人生活的关注和赞美，提醒我们应对
某些主流观念抱有警醒，因为文明的程度不仅体现为对宏大
事物的处理能力和关注程度上，更体现为对纯朴事物、细微
感情以及对"弱""小"者的体恤、同情和尊重之上。

第六章

"儿童"（"童年"）作为一种信仰

第一节
以孩子般的天真为基础的宗教信仰

宗教信仰是观察安徒生童话的基本视角。

安徒生童话反映了安徒生强烈的宗教意识和深沉的宗教情怀。

儿童精神、自然精神和宗教精神组成了安徒生童话精神的三个基本维度。

对于像安徒生这样一个兼具幻想家和现实主义者双重人格特征的人，他有责任为自己寻找内在的信仰。基督教为他提供了依据，因为这是他的文化传统，是他血液里的一部分。正如 T. S. 艾略特所言："一个欧洲人可以不相信基督教信念的真实性，然而他的言谈举止却都逃不出基督教文化的传统，并且依赖于那种文化才有意义。"[①]

① ［英］T. S. 艾略特. 基督教与文化［M］. 成都：四川人民出版社，1989：205.

安徒生出生在一个普遍信仰基督教的国度，上帝成为他最早接受的超越性形象，也成为他终生信赖的超越性形象。林桦说："安徒生的一生是孤独而忧郁的，向上帝倾诉是他唯一的安慰。"[①] 在安徒生的自传《我的童话人生》中，"上帝"是出现频率最多的词汇之一，安徒生写自传的一个基本视角就是基督教信仰视角。这一点也在他的童话创作中得到了突出的反映。几乎所有的童话都有一个超越性的上帝视角，都禁得起宗教维度的深度诠释，如小人鱼的超升、丑小鸭的谦卑、卖火柴的小女孩的信心和"获救"，以及"可是他什么也没穿呀"这个声音的赤诚与毫无偏见，等等。而直接用童话阐释宗教主题的作品也占了相当的比例，如《天国花园》《荞麦》《恶毒的王子》《安琪儿》《红鞋》《母亲的故事》《区别》《世上最美丽的一朵玫瑰花》《最后的一天》《各得其所》《天上落下来的一片叶子》《在辽远的海极》《犹太女子》《聪明人的宝石》《沼泽王的女儿》《钟渊》《踩着面包走的女孩》《守塔人奥列》《沙丘的故事》《迁居的日子》《最难使人相信的事》《老上帝没有灭亡》，等等。

不了解安徒生的宗教感情和基督教文化传统，就无法真正读懂安徒生童话。也正是经由安徒生童话，奠定了童话写作的一个非常重要的思想基础，那就是童话的宗教渊源和宗教情怀。从一个长时段来观察，我们就会看到伟大的童话作家都有一颗慈悲心，譬如 C. S. 刘易斯，譬如托尔金，譬如

---

① 林桦. 谈谈安徒生 [M] // [丹] 安徒生. 没有画的画册. 林桦，译. 上海：上海社会科学院出版社，2004：141.

E. B. 怀特，譬如宫泽贤治。

一、安徒生宗教信仰的个别性特征

当代的研究者对安徒生童话中的宗教思想多有论述，然而，很少有研究者注意到安徒生宗教信仰的个人特点，以及这种特点在他的童话创作中的反映。

安徒生是一个虔诚的、非正统的教徒。他很少上教堂，也不是一个严格遵守宗教仪式的人。他的宗教是一种纯朴的、非教条的宗教。

在教派的框架之外，他不怀偏见地尊重其他宗教教派。其童话《犹太女子》集中反映了这一点。在非基督教国家旅游时，他对其他宗教表现出了一种相对主义的看法。他看重的是信仰本身，而不是教义。因此，他与正统的福音传教士米勒相处得很好——只一件事除外，米勒相信《圣经》上的每一句话都是真的，而安徒生虽然相信上帝的存在，相信灵魂不灭，但他像他的父亲一样，不相信地狱的存在。[①] 安徒生小时候的某一天，他父亲合上《圣经》，说："耶稣和我们一样是人，但他是个不平凡的人。"他的母亲被这几句话吓傻了，顿时泪水如注。又有一回，他的父亲说："魔鬼就在我们心中，除此之外，再没有了。"安徒生听后，"在恐惧中

---

① ［丹］伊莱亚斯·布雷斯多夫. 从丑小鸭到童话大师——安徒生的生平及著作［M］. 周良仁，译. 哈尔滨：黑龙江人民出版社，2005：72.

向上帝祈祷，祈求他原谅父亲的这些不敬之辞"。① 安徒生的父亲是个无神论者，安徒生父亲的宗教态度显然影响了安徒生，安徒生终身充满虔敬的宗教感情，但他对宗教有自己个人的理解，他不是盲目的信徒。布雷斯多夫称之为"不接受基督教主要教义的基督教徒"②。

安徒生把基督看成是人类的伟大导师和楷模，也把基督看成一个父亲般的形象，他像个孩子一样努力想要相信他。詹斯·安徒生分析："既没有家也没有父亲的安徒生痴迷地认为上帝是每个人的慈父，这不足为奇。"③ 在他的一篇散文里，他把《创世记》背后的力量定义为"孩子般的精神"，他说，这种精神将生命赋予最初的人类，万能的主奇迹般地使万物繁衍众多，难道创造世界的想法不是孩子般的想法吗?④ 年轻的安徒生毫不犹豫地把上帝等同于孩子般的精神。正是在创造力这一点上，安徒生相信上帝的存在。他认为大自然是上帝显示的奇迹，大自然就是教堂。他认为，上帝是仁慈的、父亲般的上帝，他掌控着整个自然界的伟大秩序。

总之，他的信仰是孩子式的，"是以孩子般的天真做基础的，而不是以教义为基础的"⑤。这种孩子式的信仰，凭靠的是孩子式的灵活不定的想象力，"能够向各个方向前进，

① ［丹］安徒生. 我生命的故事 ［M］. 黄联金，陈学凰，译. 北京：中国档案出版社，2002：9.
② ［丹］伊莱亚斯·布雷斯多夫. 从丑小鸭到童话大师——安徒生的生平及著作 ［M］. 周良仁，译. 哈尔滨：黑龙江人民出版社，2005：358.
③ ［丹］詹斯·安徒生. 安徒生传 ［M］. 陈雪松，刘寅龙，译. 北京：九州出版社，2005：65.
④ ［丹］詹斯·安徒生. 安徒生传 ［M］. 陈雪松，刘寅龙，译. 北京：九州出版社，2005：67.
⑤ ［丹］詹斯·安徒生. 安徒生传 ［M］. 陈雪松，刘寅龙，译. 北京：九州出版社，2005：59.

而不是局限于正宗狭窄笔直的梯子上"①。这一点在他的童话创作里得到最生动也最全面的反映。安徒生赞成一个普遍性的而又容易接近的没有严格教条的基督教。他不看重教条，他看重信仰的基础：同情心和纯真。

同时，安徒生的宗教信仰始终与他作为文学家的存在和作为个人性的存在联系在一起。他的宗教信仰是个人性的，同时也是文学性的。

宗教作为一种想象的产物深深吸引着作为文学家的安徒生。在文法学校读书时，他唯独在宗教课上聚精会神、求知若渴。他对于神学课的热情，主要源于宗教的世界是一个充满想象力的世界，充满悲悯精神的世界，以及超越性的、纯粹精神的世界。这几点对于他的个人生活以及他的创作都具有十分重要的意义。

二、安徒生宗教情怀的具体体现

宗教文化为文学创作提供了无数的灵感与启示，而童话与宗教的深刻关联还体现在：童话与宗教有着亲缘关系。宗教故事的世俗化即童话。由于童话和宗教采用了相同的以故事隐喻哲理的叙事模式，同样关注弱者，关注奇迹，信赖爱，信赖超越性的境界，因此，在所有的文体中，除了宗教文学，童话是与宗教关系最近的文体之一。欧美的童话创作

---

① ［丹］詹斯·安徒生. 安徒生传 ［M］. 陈雪松，刘寅龙，译. 北京：九州出版社，2005：460.

几乎都与宗教信仰有关。卡洛尔、C. S. 刘易斯、托尔金都是著名的神学家，中国的儿童文学批评家也主张"对儿童文学事业要有一种宗教情怀"①。而安徒生童话的宗教意识尤其独特而鲜明，忽视了宗教这一维度，无法真正理解安徒生童话。

宗教对安徒生童话创作而言，既体现为一种信仰，也体现为一种修辞。安徒生的宗教情感是充沛的，他的大多数童话都打上了宗教的烙印，具有鲜明的宗教精神。

安徒生的宗教情怀集中体现为深广的悲悯情怀、对"永恒"和"不朽"的信仰以及对"儿童"（"童年"）的信仰。

（一）悲悯情怀

悲悯即爱，即宽容，即爱无差等，像安徒生童话中的阳光一样，既吻了微贱的蒲公英，也吻了开满了花的苹果枝（《区别》）；既"照在基督徒的墓地上，也照在墙外犹太女子的坟上"（《犹太女子》）；既"照着住在第一层楼的人，也照着住在地下室里的人"（《看门人的儿子》）；既照着外面广大的世界，也照进囚犯的小室里——阳光是不分善恶，什么都照的（《城堡上的一幅画》）！因为"就是最坏的人身上也有一点上帝的成分——这点成分可以战胜和熄灭地狱里的火"（《一个故事》）。

悲悯即同情，是既同情卖火柴的小女孩，也同情什么衣服也没穿的皇帝；是既同情墙角里小女孩的伤心事，也同情

---

① 樊发稼. 发展原创是繁荣儿童文学之根本 [C] //追求儿童文学的永恒. 北京：北京时代华文书局，2017：336.

渴望听到夜莺歌声的皇帝；既同情活了片刻的小蜉蝣，也同情活了三百六十五岁的老栎树（《老栎树的梦》）；既同情一朵雏菊的深情，也同情一棵枞树的惶惑；既同情无论遇见什么连眼睛都不眨一下的小锡兵，也同情那向上帝的太阳举起了她光亮的手臂的小人鱼；既同情默默地思念着它的非洲的鹳（《梦神》），也同情在欢呼声中快乐地死去的贝尔（《幸运的贝尔》）……他的爱是如此敏感，对小女孩在冻饿中的幻象描写得如此真切感人，同时，他的爱又是如此深广，他相信没有什么人会永坠地狱，也没有不会悔悟的心（《一个故事》）；他在小人鱼、拇指姑娘、母亲、艾丽莎身上发现基督爱，也在祖母、守夜人和他的妻子、越走下坡路越快乐的老头子老婆婆身上发现普通人的爱；他还在大自然的每一个角落里发现诗意，发现奇迹，发现上帝的仁慈。

他的童话舞台容纳着整个宇宙，而爱是它的主旋律。除了打击一下那些受环境的约束而表现出来的短视、聒噪、骄傲和庸俗以外，他实在没有多少带刺的锋芒。他深谙艺术的奥秘是爱，除了爱还是爱。这是安徒生奠定的童话的基调。所以，曹文轩说："安徒生之所以成为世界上最伟大的童话作家，正在于他的童话最大限度地顺应了人类向往纯净世界的欲望。"[①] 又说："他用他的文字，为我们构造了一个让我们流连忘返的世界。他的作品在提升我们的心灵世界方面，功德无量。人类对他的景仰，对他的文字的宗教般的昵近，是自然的，一点儿也不过分。在谈论童话时，我们有理由将

---

① 梅子涵，方卫平，朱自强，彭懿，曹文轩. 中国儿童文学5人谈 [M]. 天津：新蕾出版社，2001：81.

他作为我们最重要的坐标。"① 所以，余秋雨说："他是一个永恒的坐标，审核着全人类的文学，在什么程度上塑造了世道人心。"② 所以，王蒙说："他的童心和情趣后面是不寻常的想象和深情，在温暖与细腻的细节和语言后面是天使般的救世之心、悲苦之心。"③ 所以，斯特林堡说："在安徒生的童话世界里我了解到另一种世界的生活，一个公正和富有同情心的黄金时代。"④

（二）对永恒和不朽的追求

安徒生深沉的宗教情感也体现在对永恒和不朽的追求上。

对安徒生而言，没有一个上帝的国度，就无以安置受苦而纯洁的灵魂；没有一个上帝的国度，就无以安置不断寻求超越的心；没有一个上帝的国度，就没有终极的精神家园。因为有了上帝的国度，卖火柴的小女孩、小人鱼、克努得、老栎树等就成为了永恒的生命，并走进那光明幸福的所在。

死亡不是生命的结束——这是一种信仰，一种个人的内在体验，一种期许，更是一种悲悯情怀，一种对于生命的体贴、安慰和大同情，一种对内在生命的肯定和发现。

---

① 梅子涵，方卫平，朱自强，彭懿，曹文轩. 中国儿童文学 5 人谈 [M]. 天津：新蕾出版社，2001：81.

② 余秋雨. 题词 [M] // [丹] 安徒生. 我生命的故事. 黄联金，陈学凰，译. 北京：中国档案出版社，2002：封底.

③ 王蒙. 王蒙谈安徒生 [EB/OL]. http://www. chinawriter. com. cn/bk/2005-04-02/20204. html

④ [丹] 伊莱亚斯·布雷斯多夫. 从丑小鸭到童话大师——安徒生的生平及著作 [M]. 周良仁，译. 哈尔滨：黑龙江人民出版社，2005：1.

当亚麻以灰烬的方式结束它传奇的一生的时候，那细小的、看不见的小生物都说："歌儿是永远不会完的！这是一切歌中最好的一支歌！我知道这一点，因此我是最幸福的！"（《亚麻》）在安徒生看来，生命只有形态的变化，而没有永久的消亡。

他有时也流露出他的犹疑和惶惑——那棵"生活在别处"的小枞树、那个脱离学者拥有了自己的形体并杀死了学者的"影子"，还有树精的叹息（《树精》）、癞蛤蟆的坠亡（《癞蛤蟆》）等等，他在写这些故事的时候，流露出他的惶然。这是他的真实性所在，他从来不是一个绝对的人物。

但大多数时候，他全心全意相信：灵魂不死。

相信灵魂不死是对形而上精神价值的信赖和对超越性道德境界的追求。可以说，对永恒和不朽的信念是他创作和生活的主要动力，安徒生说，"我的愿望是今世成为一个伟大的 Digter，来世成为一个更伟大的 Digter"①，"我的名字渐渐开始出名，这是我为之而生的唯一东西。我像守财奴贪求金子一样渴望名望和荣誉。也许两者都是愚蠢的，但在这个世界上，人总得有点为之奋斗的东西，否则便会意气消沉、一蹶不振"②。林桦说："要成名、不朽的思想可以说伴随了安徒生的一生。"③

这种对永恒和不朽的信仰使得他的童话创作充满终极关

---

① ［丹］伊莱亚斯·布雷斯多夫. 从丑小鸭到童话大师——安徒生的生平及著作［M］. 周良仁，译. 哈尔滨：黑龙江人民出版社，2005：149. 注："Digter"即"诗人"。

② ［丹］伊莱亚斯·布雷斯多夫. 从丑小鸭到童话大师——安徒生的生平及著作［M］. 周良仁，译. 哈尔滨：黑龙江人民出版社，2005：150

③ 林桦. 安徒生文集·总序［M］//［丹］安徒生. 安徒生文集. 林桦，译. 北京：人民文学出版社，2005：21.

怀和超越性美学境界。最典型的例子就是《海的女儿》和《白雪皇后》。《海的女儿》之所以呈现出非凡的境界，基于安徒生对灵魂不灭的信仰。《白雪皇后》写的虽然是孩子的故事，但其宏阔的境界，正基于对不朽童年的信仰。

安徒生也相信他的童话将代表他的灵魂而永存于世。他相信真正的艺术是不朽的证明。他在《素琪》中写了一个艺术家悲剧的一生，在故事的结尾，他这样写道："人世间的东西会逝去和被遗忘——只有在广阔的天空中的那颗星知道这一点。至美的东西会照着后世，等后世一代一代地过去了以后，素琪仍然还会充满着生命！"在《光荣的荆棘路》中，他表达了人能依托于事业获得不朽的灵魂，他把孤独的、不被世人理解的超越性的精神追求形容为"光荣的荆棘路"，"人们可以在一个人身上看到上帝的仁慈，而这仁慈通过一个人普及到大众"，这条光荣的荆棘路"并不在这个人世间走到一个辉煌和快乐的终点，但是它却超越时代，走向永恒"。

（三）"儿童"（"童年"）信仰

安徒生信仰的核心却是对"儿童"（"童年"）的信仰。

永恒的生命一定是存在的，这是《圣经》的诺言，然而，"难道他在这个世界上找不到一线光明，使他能看清楚《真理之书》上所写的一切东西吗？"这是《聪明人的宝石》中那个伟大智者的发问，也是安徒生的发问。那位智者"希望寻求到一种可以使生命永恒不灭的启示，但是寻求不到。《真理之书》摆在他面前，但是书页却是一张白纸"。唯有他那最小的女儿——那个天真善良的姑娘，她虽然双目失明，却真正得到了"聪明人的宝石"，正是她使他在刹那的光里看到书页上的两个字：信心。经由天真、善良的儿童，智者发现了通往永恒生命的信心。安徒生借这个故事表明，儿童是通往永生的通道和前提：除非你变成孩子，你决计进入不了天堂！——这就是安徒生宗教信仰的核心。

第二节
"儿童"（"童年"）信仰与童话精神

一、"天堂的王国属于孩子们"

　　安徒生最喜欢引用《圣经》的一句话：除非你变成孩子，你决计进入不了天堂。詹斯·安徒生说："在安徒生的思想中深深地印刻着这样一个信仰：天堂只属于孩子，如果没有一颗纯真的心，任何人都不可能达到那个至高无上的地方。"①

　　这种对"儿童"（"童年"）的信仰，是他整个信仰的核心和基石，亦显示了安徒生宗教信仰的个人性特点。正是在这一点上，宗教在安徒生的童话中显示为一种童话精神。对

---

① ［丹］詹斯·安徒生. 安徒生传 ［M］. 陈雪松，刘寅龙，译. 北京：九州出版社，2005：209.

"儿童"（"童年"）的信仰支持了安徒生成为杰出的现代童年文体的奠基者。安徒生用他的作品点明："天堂的王国属于孩子们，儿童的思想能到达那里"①。

在《皇帝的新装》这样的作品里，我们看到，成人不是引路人，儿童显示了启示的力量。

在《卖火柴的小女孩》中，让小女孩进入上帝的国度体现了宗教的悲悯情怀，同时也反映了安徒生对于童年的信仰。这与教会对于宗教的理解并不完全相同。石琴娥在《北欧文学史》中做了如下介绍："《卖火柴的小女孩》这个结局却掀起了一场轩然大波，教会的卫道士们指责说，在除夕之夜可怜无助的小女孩得不到人间的温暖竟至冻馁街头，这是对宗教的大不敬，也是对教会慈善事业的恶意中伤和丑化"，"还有许多人也非难说结局过于凄惨，会毒害幼小的心灵，因而不许儿童阅读"。② 可是，对安徒生而言，重心不是借此反映社会的冷漠和不平等，而是以至深的悲悯情怀强调"天真和单纯"是获救的根源。

小女孩是如此天真，对生活、对爱怀着如此单纯的渴望和信心，所以，上帝能够救她（或说她能够使自己获救——她的获救源于她内心的请求），能够使她（或说她能够）看到火光中的幸福生活："祖母从来没有像现在这样显得美丽和高大。她把小姑娘抱起来，搂在怀里。她们俩在光明和快乐中飞走了，越飞越高，飞到既没有寒冷，也没有饥饿，也没有忧愁的那块地方——她们是跟上帝在

① ［丹］詹斯·安徒生. 安徒生传［M］. 陈雪松，刘寅龙，译. 北京：九州出版社，2005：460.
② 石琴娥. 北欧文学史［M］. 南京：译林出版社，2005：202.

一起。"

而且安徒生把这种在梦境中获救的方式，完全处理成个人事件，即"得救"是一种体验，一种个人内心的体验，"纯真"因此获得信仰的意义。安徒生写道："谁也不知道，她曾经看到过多么美丽的东西，她曾经是多么光荣地跟祖母一起，走到新年的幸福中去。"她极度孤独、无助，但这种孤独并没有消灭她那小小身体里的"渴望"，她的单纯与天真使得她并没有"死"去，而是走入了上帝的国度。

通过这个例子，我们可以看到安徒生宗教意识的个人性特征和文学性特征。结合《白雪皇后》中的格尔达、《野天鹅》中的艾丽莎、《拇指姑娘》中的拇指姑娘、《旅伴》中的约翰奈斯、《海的女儿》中的小人鱼、《丑小鸭》中的丑小鸭、《皇帝的新装》中的孩子等形象来看，我们发现，安徒生的确把儿童放到了信仰的中心位置。

在《白雪皇后》中，安徒生强调了格尔达作为一个天真孩子的力量："她是一个天真可爱的孩子——这就是她的力量"。在童话的结尾，安徒生明确把这个故事放到了宗教的框架里：

　　　　加伊和格尔达各自坐在自己的椅子上，互相握着手。他们像做了一场大梦一样，已经把白雪皇后那儿的寒冷和空洞的壮观全忘掉了。祖母坐在上帝的明朗的太阳光中，高声地念着《圣经》："除非你成为一个孩子，你决计进入不了上帝的国度！"
　　　　加伊和格尔达面对面地互相望着，立刻懂得了那首圣诗的意义——

山谷里玫瑰花长得丰茂，

那儿我们遇见圣婴耶稣。

他们两人坐在那儿，已经是成人了，但同时也是孩子——在心里还是孩子。这时正是夏天，暖和的、愉快的夏天。

安徒生在《白雪皇后》里再明确不过地表达了他的"儿童"（"童年"）信仰。这一信仰贯穿了他的全部创作。可以说，"儿童"（"童年"）信仰既是他童话创作的情感基础，也是他创作的哲学基础和信仰基础。所以说，在安徒生的童话中，儿童精神、自然精神、宗教精神三者合一。詹斯·安徒生在研究安徒生的宗教信仰时说："安徒生和上帝的关系是不可思议的，而不单单是神秘的，因为安徒生从来不隐瞒他的观点：只有孩子才能接近上帝。这需要感觉和信仰，而不需要理由。像他说过的：'信仰是特定的，你无法选择！'"①

安徒生在天性上的确具有宗教般的纯洁，而基督教文化和浪漫主义思潮为他提供了信仰的依据和动力。在某种意义上说，基督教文化和浪漫主义思潮不但呵护了他的纯洁，也发展了他的纯洁，从事童话创作在他是一种必然，可一旦选择，就同时成为一种加力，把他天性中的纯洁无限发展，继而反过来推进他的创作。周作人说，文学的童话无人能及安

---

① ［丹］詹斯·安徒生. 安徒生传［M］. 陈雪松，刘寅龙，译. 北京：九州出版社，2005：460.

徒生，这的确是有充分依据的。

在基督教文化中，儿童以其纯真被当做天国的主人。《圣经》记载，门徒问耶稣天国里谁是最大，耶稣便叫一个小孩子来，使他站在他们当中，说："我实在告诉你们，你们若不回转，变成小孩子的样式，断不得进天国。所以凡自己谦卑像这小孩子的，他在天国里就是最大的。"安徒生的宗教信仰以此为核心而变得坚定，这种选择的确如詹斯·安徒生所强调的那样：这需要感觉和信仰，而不需要理由！

孩子纯洁，谦卑，全心全意，没有偏见，所以在天国里是最大的。当安徒生把儿童的纯真放在宗教模式里来解释时，他也就把儿童的纯真作为童话的核心精神来体现。艾丽莎、小人鱼、丑小鸭、拇指姑娘、"母亲"（《母亲的故事》）的受难因他们的纯真而发出宗教般的圣洁光芒来，艾丽莎、小人鱼、丑小鸭、拇指姑娘、"母亲"就成为安徒生心目中的圣徒和天使，同时他们也成为不朽的童话形象。

在《没有画的画册》等作品中，安徒生描写了那么多纯真的孩子，这显然与安徒生的信仰有关。此外，卖火柴的小女孩、在豌豆花之上交叉着双手感谢上帝的小姑娘、沼泽王的女儿、格尔达、约翰奈斯、雏菊、拇指姑娘、骑在铜猪上的孩子、最后寻找到钟声的穷苦人家的孩子与王子、看门人的儿子乔治、幸运的贝尔和金黄宝贝比得，等等，所有这些孩子都是受到安徒生祝福的孩子。孩子的纯真将使得他们获得上帝的爱，上帝的爱把他们从贫病或困境中解救出来。

二、成人只有拥有孩子般的纯真才能进入天堂

安徒生在确立了对"儿童"（"童年"）的信仰的同时，也确立了对纯真（天真）的信仰。安徒生认为，成年人只有拥有孩子般的纯真才能进入天堂。

（一）"孩子般的心情"

在《最后的一天》中，安徒生直接阐释了天国慈悲的门是否敞开不取决于外在条件的累积，而取决于一个人内心里是否拥有"孩子的心情"。故事中的死者因为"没有孩子的心情"，所以，他的灵魂被天上的光芒照得睁不开眼睛，"他一点力量也没有，他坠落下来"。

思考死亡是安徒生童话创作的重要主题，这一主题常常把童话文本与宗教文本融合在一起。对安徒生而言，也可以说，正是死亡主题使得安徒生的童话文本向宗教文本靠拢。《海的女儿》即是最著名的例子之一。有时候，在处理这一主题时，作为美学家的安徒生会让位于作为布道家的安徒生。《最后的一天》写的是人死去的那一天——"我们一生的日子中最神圣的一天"，"神圣的、伟大的、转变的一天"。安徒生在故事的开头问："你对于我们在世上的这个严肃、肯定和最后的一刻，认真地考虑过没有？"这个故事是对所有人说的。像所有的圣经故事一样，这个故事也是一个隐喻。安徒生想借以说明：成人唯有拥有孩子般的忠诚、纯真和谦卑，天国的门才会向他敞开。

他说："从前有一个人，他是一个所谓严格的信徒，上

帝的话，对他来说简直就是法律，他是热忱的上帝的一个热忱的仆人，死神现在就站在他的旁边。"这个快要死去的人，他一生所经历和所做过的事情，在片刻中全部展现在他的眼前，"在这样的时刻，罪孽深重的人就害怕得发抖。他一点依靠也没有，好像他在无边的空虚中下沉似的！但是虔诚的人把头靠在上帝的身上，像一个孩子似的信赖上帝：'完全遵从您的意志！'"

"但是这个死者却没有孩子的心情，他觉得他是一个大人。他不像罪人那样颤抖，他知道他是一个真正有信心的人。他严格地遵守了宗教的一切规条，他知道有无数万的人要一同走向灭亡。他知道他可以用剑和火把他们的躯壳毁掉，因为他们的灵魂已经灭亡，而且会永远灭亡！他现在是要走向天国，天国为他打开了慈悲的大门，而且要对他表示慈悲。"这个自诩为"严格遵守了一切戒条"，"在世人面前尽量地表示了谦虚"的人，自认为天国将为他打开慈悲的大门的人，在天国的光芒中，却只能缩作一团，并"坠落下来"。他虚荣、残忍，而且骄傲，"虽然严格地遵守了一切戒条"，却没有一颗"孩子"心。他的骄傲使他太沉重了！因此，"还没有达到进入天国的程度"。

而在《犹太女子》中，那个犹太女子萨拉，因为妈妈是个犹太人的女儿，而且信教很深，萨拉不能接受基督教的洗礼，因此她只得离开基督教的学校。可是，这个女子却是一个最虔诚、最善良、最有理解力的人。安徒生写道："她现在虽然是一个成年的女佣人，但是她脸上仍然留下儿时的表情——单独坐在学校的凳子上、睁着一对大眼睛听课时的那种孩子的表情。"她勤俭地工作，安静地祈祷，当她与大家一起听她的主人高声朗读一个关于基督徒的故事的时候，安徒生写道："大家都听到了，也懂得了。不过最受感动和得到印象最深的是坐在墙角里的那个女佣人——犹太女子萨拉。大颗的泪珠在她乌黑的眼睛里发出亮光。她怀着孩子的心情坐在那儿，正如她从前坐在教室的凳子上一样。她感到了福音的伟大。眼泪滚到她的脸上来。"这个犹太女子，温柔诚恳，主人死后，女主人也贫病交加的时候，她就成了这个贫寒的家里的一个福星。她虽然终生没有接受基督教的洗礼，然而，她说："我通过基督才认识了真理。"在安徒生看来，这个有着孩子般的理解力、有着孩子般的心情的女子，正是天国里要接纳的人。因此，他写道，"上帝的太阳照在基督徒的墓地上，也照在墙外犹太女子的坟上"，"救主基督复活了，他对他的门徒说：'约翰用水来使你受洗礼，我用圣灵来使你受洗礼！'"

在信仰的意义上，安徒生抛弃了教条，而看重信仰的精神基础：即孩子般的心情，即纯真，即虔诚。成年人只有拥有孩子般的纯洁才能进入天堂。"为什么纯洁对于安徒生来说这么重要呢？因为它为他的人生观提供了依靠和凝聚力。它规范了他的道德观和诗学观，无论对于安徒生作为个人还是作家都起到了很多重要的作用。"[①] 换句话说，"纯洁"（纯真、天真）是安徒生童话诗学的核心精神，是宗教信仰和童话精神合二为一的依据和表现。

《老头子做事总不会错》中的老头子和老婆婆"越走下

---

① ［丹］詹斯·安徒生. 安徒生传［M］. 陈雪松，刘寅龙，译. 北京：九州出版社，2005：452.

坡路越快乐"，他们不算计，任凭心灵支配，把爱放在第一位，是真正拥有"孩子般心情"的人。

《老房子》中的老人虽然极度孤独，内心却极其柔和，跟对面房子里的孩子建立了动人的友谊。墙中央的画像、书架上的画册都是他生动而丰富的内心世界的反映，当他为孩子弹着钢琴哼出一支歌来的时候，他的眼睛变得明亮起来。在这里，一老一小，情谊极其动人。在外人看来（其中小锡兵代表的正是外人的眼光），"这个老人，他是多么寂寞啊！你以为他会得到什么吻么？你以为会有人温和地看他一眼么？或者他会有一棵圣诞树么？他什么也没有，只有等死！"可是老人却"带着最愉快的面孔和最甜美的蜜饯、苹果及硬壳果来了"，他要用这些来招待他的小客人，小孩子说："家里的人说，你一直是非常孤独的！""哎！"老人说，"旧时的回忆以及与回忆相联的事情，都来拜访，现在你也来拜访了！我感到非常快乐！"是的，这就是安徒生所发掘的"民间的光辉"。独自住在老房子里的老人，他的内心并不因孤独而冷僻，内心的富足平和使得他拥有"孩子般的心情"，因此孩子说："我觉得这儿什么东西都可爱！"安徒生也通过他的童话赋了了人们新的看待世界的角度，正如那个孩子所说的："你不能老是从悲哀的角度去看事情呀！"安徒生之为安徒生，是因为他的文字"善于为人们的幸福和自己的幸福去想象，而不是为了悲哀"①。这种想象是一种心灵能量的体现，即是否能"拥有孩子般的心情"。

---

① ［苏］K. 巴乌斯托夫斯基. 夜行的驿车［M］//金蔷薇. 李时，薛菲，译. 桂林：漓江出版社，1997：67.

《老路灯》中的守夜人和他的妻子、《老墓碑》中的老卜列本和他的妻子、《祖母》与《谁是最幸运的》中的祖母，以及《接骨木树妈妈》中很老很老的水手和他的很老很老的妻子，这些很老的人，经历了人世沧桑，可是他们一律谦卑、善良、乐观，都葆有"孩子般的心情"，脸上"现出幸福和安静的表情"（《祖母》）。在安徒生笔下，他们是另一种形态的孩子。

（二）"隐藏的善行"

安徒生对纯真的信仰，还表现为他对"隐藏的善行"的歌颂。意即善良是一种内心状态，是个人事件，不需印证，从而显示出精神的纯粹性质和宗教般的光辉。

安徒生有一篇童话叫做《藏着不等于忘记》，其中写了三个小故事，并有一个共同的主题：慈悲心出自本心，而不求有人回报或记取。

第一个故事讲的是：美特太太曾在一个犯人受"骑木马"的惩罚时偷偷在他的脚下垫两块石头以减轻他的痛苦，这事谁也没有看见，可是有一天美特太太被一伙强盗用狗链子拴起来的时候，强盗的小厮放走了她，因为他就是那个曾经"骑木马"的人的儿子。小厮说："我没有对任何人说过，但是我并没有忘记！"

第二个故事讲的是：一个贵族家的女主人，像一朵最美丽的玫瑰，"在快乐中——在与人为善的快乐中——射出光辉"，因为"她所做的好事并不表现在世人的眼中，而是藏在人的心里——藏着并不等于忘记"。田野中一个孤独的小棚子里住着一个穷困的、瘫痪的女子，小房间里的窗子是向北开的，太阳光照不进来，她只能看见被一道很高的沟沿隔断的一小片田野。"可是今天有太阳光射进来，她的房间里有上帝的温暖的、快乐的阳光射进来。阳光是从南边的窗子射进来的，而南边起初有一堵墙。"——这就是那位好太太做的好事。安徒生写道："她的善行没有被人看见，是隐藏着的，但是上帝并没有忘记。"

第三个故事讲的是一个女子隐藏的爱情："一个星期过去了。这天早晨报纸上有一个消息，说他已经死了；因此她现在服丧。她的恋人死了；报上说他留下一个妻子和前夫的三个孩子。铜钟发出的声音很嘈杂，但是铜的质地是纯净的。""她的黑蝴蝶结表示哀悼的意思，但是这个女子的面孔显得更悲哀。这悲哀藏在心里，但永远不会遗忘。"

安徒生在这三个故事中反复点明，真正的善行是"隐藏"的。

格尔达（《白雪皇后》）一路往前，她既不标榜她的"善行"，也不自恃天真。所以，她能够到达冰雪宫殿——"她是一个天真可爱的孩子——这就是她的力量。"

在《海的女儿》中，小人鱼对王子的牺牲的爱完全是"隐藏"的。

在《老路灯》中，老路灯也讲了一个相类似的故事："我还想起了另一对眼睛。说来也真奇怪，我们的思想会那么漫无边际！街上有一个盛大的送葬的行列，有一位年轻美丽的少妇躺在一个棺材里。棺材搁在铺满了天鹅绒的，盖满了花朵和花圈的柩车上，很多火炬几乎把我的眼睛都弄晕了。整个人行道上都挤满了人，他们都跟在柩车后面。但当火炬看不见了的时候，我向周围望了一眼：还有一个人靠着路灯杆子在哭呢。我永远也忘记不了那双望着我的悲哀的眼睛!"

《没有画的画册》中《第十六夜》里普启涅罗对诃龙比妮的感情、《雏菊》中雏菊对百灵鸟的感情都是"隐藏的善行",显示的恰是主人公情感的单纯与深刻,以及"孩子般的心情"。这种"隐藏的善行"与世俗的道德标榜无关,与功利无关,它不求回报,在品质上极其纯粹,它是一种宗教般的感情,带有信仰的性质。

《中华读书报》曾有文讨论《该不该读寓言童话》①,有家长担心孩子读了《海的女儿》会把"心眼看傻",这种思维说明我们离天真越来越远,说明我们的精神生活缺少了"信仰"维度。读过安徒生的童话故事,应可唤起我们"孩子般的心情",并在信仰的维度上坚守世间纯真感情的价值和意义。

---

① 孙玉祥. 该不该读寓言童话 [N]. 中华读书报,2001-11-28.

第三节
"儿童"（"童年"）：安徒生童话诗学的核心范畴

　　通过以上六章的论述，一个交织着现实关怀与独特美学倾向的"儿童"（"童年"）世界徐徐展开在我们眼前，并使我们看到安徒生是怎样以令人震撼的方式把"儿童"（"童年"）运用到创作当中。

　　在纵向的童话发展史和童年观念史的脉络上看，安徒生继承并发展了民间童话的天真风格，在人类童年已经远去的时代，安徒生发现了个体童年的价值与意义，他把童话文体真正发展成为一种现代童年文体，使得艺术童话从此成为儿童文学的核心体裁，成为承载现代人童年信仰的、具有独特诗性意味的文体。在横向的美学表现上看，安徒生把"儿童"（"童年"）纳入文学描写的范围，纳入读者范围，纳入文学表达方式，发现了一个令人惊讶的崭新的艺术世界。

安徒生把"儿童"（"童年"）上升为一种具有独特诗学内涵的诗学观念和诗学范畴，继而展现了这一独特的诗学范畴所具有的无与伦比的诗性力量。

在人类文化史上，安徒生之后虽然出现了大量真切描写儿童的杰作，但能够像安徒生那样把"儿童"（"童年"）上升到具有如此深邃内涵的诗学范畴的，的确不曾找到第二人。

周作人以汉语言独特的表达方式对此进行了描述："其所著童话，即以小儿之目观察万物，而以诗人之笔写之，故美妙自然，可称神品，真前无古人，后亦无来者也。"[①] 周作人亦通过把安徒生与王尔德对比，指出安徒生与后世童话家的重要区别在于"纯朴（naive）"："安徒生与王尔德的差别，据我的意见，是在纯朴（naive）与否"，"王尔德比安徒生更多机智，但因此也就更少纯朴了。我相信文学的童话到了安徒生而达到理想的境地，此外的人所作的都是童话式的一种讽刺或教训罢了"。[②] 周作人在此处特地标注了一个英语单词"naive"，"naive"一词的主要意思即"天真"，即孩子似的天真和朴素。这的确是安徒生之为安徒生的主要标志。

安徒生童话的出现是人类文化史上的奇迹。它们形式单纯，但活跃如自然，犹如日月，恒久常新。

当安徒生把儿童的天真作为童话精神来体现的时候，他就超越于民间童话，寻找到了沟通人类童年、自身童年与现

---

① 周作人. 丹麦诗人安兑尔然传 [J]. 叒社丛刊，1913（12）.
② 仲密. 王尔德童话 [N]. 晨报副镌，1922 - 04 - 02. 注：仲密为周作人笔名。

实儿童的方式，从而建立起现代童年文体的新形式。他不但确立了童话创作的儿童文学价值，而且把童话从小说、戏剧与诗歌的附属地位中独立出来，成为一种书写个人情感与个人想象的现代文体，对后世文学创作尤其是儿童文学创作产生了极其深远的影响。

安徒生把儿童从几个世纪成人艺术的园囿中解放出来，儿童不再是抽象的没有名字的意象，更不是说教的对象。儿童自身就是"宏大主题"，儿童即审美对象。儿童即天真，即奇迹，即童话精神。"儿童"("童年")作为文学的想象场域，在安徒生这里被充分打开，而且呈现出丰富的美学意味和思想内涵，可以说，安徒生之为安徒生，乃在于他对"儿童"("童年")世界的开启及其现代意义。

安徒生创造新形式的决定性因素即展现孩子似的天真，对童年的尊重和信仰支持了他使用纯朴如儿童本色的语言，儿童被纳入读者范围，儿童成为童话描写的对象，一切叙述都以体现儿童精神为指向。儿童作为一种支配性的艺术规范元素运用到他的创作当中。当安徒生把"天真"作为叙述导向时，他事实上在建立新的意义建构方式，在试图改变人们传统的文学观念。看似简单的文本，其实可能隐藏更深层次的意义类别。童话表达的隐喻相关性使得他的故事走向自我象征与普遍人性。

安徒生的童话创作遵循自然精神，合于宇宙秩序，体现了万物与我类同的诗性智慧。儿童与风景合二为一，儿童精神与自然精神共同构成永不衰退的童话精神。安徒生对儿童本性的臣服和对自然的臣服建立在现代人类对逝去童年的失落本质上，因此他的童话创作就具有弥合成人世界与儿童世界、使人重返自然、重拾天真的拯救意义。

安徒生在天性上的确具有宗教般的纯洁，而基督教文化和浪漫主义思潮为他提供了信仰的依据和动力，因此，"儿童"（"童年"）信仰成为他宗教信仰的核心和支点：天堂只属于孩子，如果没有一颗纯真的心，任何人都不可能达到那个至高无上的地方。

在一个日益失去天真的时代，一个人与自然日益远离的时代，一个科学主义和物质主义正在摧毁人的自然感情的时代，安徒生那些深富诗性意味的童话作品时至今日依然直抵心灵深处，给我们巨大的感染力和关于现代生活的启示。

余论

安 徒 生 童 话 与 儿 童 文 学 互 为 方 法

一、安徒生童话：一个观察儿童文学的范本

　　我们的研究对象是一个被历史检验过的经典作家，但经典是"说不尽"的，经典是常读常新的。以"儿童"（"童年"）为关键词、在"儿童"（"童年"）与"文学"的历史关联与美学关联中切入安徒生童话，这一思路凸显了安徒生童话对指向理想与纯真的童年诗学的建构及其现代意义。在某种意义上说，这一思路也寻找到了安徒生得以"永恒"的基础，并突出了安徒生童话的儿童文学价值。同时，经由这一个案的分析，我们的研究也在一定程度上推进了对儿童文学的理论思考以及对童话诗学的思考。

经由安徒生童话而思考儿童文学，亦是本书的写作目的。

儿童文学是儿童最早接受的文学，于儿童成长具有潜移默化的巨大作用，因而写作者巨大的责任感和使命意识总是在这种文类中得到最突出的表现，这种文类便天然地与儿童问题包括儿童观、教育观紧密相连；但另一方面，童书同样可以抒发个人感情，反映社会现实，因而常常表现为一种别有趣味的叙事策略和美学选择。童书的发展因而不仅受制于家国想象与教育设计，也受制于具体的美学风潮和文化思潮，但童书创作绝非被动的观念适应，因童书直接沟通儿童的精神世界，它往往表现出非同凡常的创造力和揭示力。当"儿童文学"这一概念被简单化理解的同时，以安徒生童话为代表的一本又一本经典童书却以其自身丰富的美学品格征服了世人。我相信那个套在"儿童文学"一词上的关于"儿童文学是简单幼稚的书"的魔咒正在被打破。

儿童文学的文类属性是经由最早的一批儿童文学作品如安徒生童话、《哈克贝利·费恩历险记》《爱丽斯漫游奇境记》《木偶奇遇记》等而逐渐确立起来的。其中，安徒生童话的影响力是压倒性的，正如法国比较文学学者保罗·亚哲尔所说，"如果有一天，因为某种风尚，须要选举儿童文学作家的帝位"，那么，"安徒生是王！"① 安徒生童话作为源头性的且具有最广泛影响力的作品，我们完全可以将之作为观察儿童文学的一个范本——至少提供了一个观察的视角。在某种意义上，我们可以说，安徒生童话与儿童文学是互为说

① ［法］保罗·亚哲尔. 书·儿童·成人［M］. 傅林统，译. 台北：富春文化事业有限公司，1992：173.

明，互为方法的。

儿童文学的文类规范随着"儿童"与"成人"的关系、"人"与"文学"的关系的变化而变化。儿童文学并不是一个封闭性的概念，它的发展，除了受"儿童观"的影响，与"成人文学"之间也存在一种复杂的相互影响的关系。所以，当人们用安徒生童话来阐述儿童文学的性质时，也会随着历史语境的变化而变化。然而，如何摆脱历史因袭的局限，避免以单调刻板的观点控制一个生动的事实，是当代人进行文学研究时要警惕的问题。

那么，以上六章的论述将对如下论述予以支持：以安徒生童话为方法，亦有助于破除长久以来人们对儿童文学存有的偏见。安徒生童话将告诉我们：儿童文学自有哲学根源，自有诗学范畴，是一种具有独特美学倾向的独特文类。

二、儿童文学"儿童"（"童年"）诗学的建构

当我们明确把某部作品作为儿童文学来讨论时，就涉及如何研究儿童文学。

目标读者（儿童）是儿童文学基础理论研究的焦点，并由此形成了儿童文学的基本研究模式：儿童作为目标读者，作为文学反映的对象，研究其年龄特征、精神特征及审美接受特征。由此延展到成人与儿童的关系、成人的儿童观等问题，继而生成儿童文学的教育应用学研究，包括儿童阅读心理研究、阅读推广研究、语文教育研究等等。这种研究从实用角度出发，突显了儿童文学的教育学意义及儿童文学之于

儿童精神成长的意义。然而，从目标读者（儿童）出发所建立的诗学话语体系自我设限，难以阐释儿童文学文本丰富的美学意味与文化精神，研究者普遍产生"理论"小于"文本"的感触。儿童文学话语方式的建构需要突破既定的思维模式和狭窄视域。我们还需要将儿童文学放在"大文学"背景中来考察，而"儿童"（"童年"）诗学的建构将有助于我们深入了解儿童文学作为独特文类的发展理路及其文化人类学价值和美学价值。

把儿童文学视为独特文类时，儿童文学就不仅仅是一种视角或读物类型，而具有本体论的意义——是"独树一帜的范畴"[①]，并体现为特定的理解世界、把握世界、认知世界的方式，体现为一整套关于实在本质的信仰。它具有独特的话语范式、精神范式和认知范式。安徒生童话对此提供了一种有力的支撑。

儿童文学作为一种独特的文学类型而存在，其参照系是"成人文学"。同为"对世界的艺术反映"，其主题皆涉及人与自我、人与他人、人与社会、人与自然的关系，皆涉及人类基本的情感模式，但两种文学类型处理主题的方式则常常区别很大。正是反映世界的方式不同，而产生了儿童文学独特的话语体式。

在儿童文学这一文类范畴中，"儿童"不仅意指目标读者或文学的反映对象，亦指称文学的反映方式。换句话说，"以儿童为读者"不仅意味着对现实儿童的关怀，更意味着

---

① ［加］Deborah Cogan Thacker，Jean Webb．儿童文学导论——从浪漫主义到后现代主义 ［M］．杨雅捷，林盈蕙，译．台北：天卫文化图书有限公司，2005：11．

一种叙事策略的选择——"对儿童写作"（"writing to children" / "talking to children"）①，也即一种风格的选择，一种话语体式的选择，一种理解世界、把握世界、认知世界的方式的选择。"以儿童为读者"（"对儿童写作"）的叙事智慧也提醒我们，儿童文学写作必定以其艺术上的深度和厚度提升着儿童读者，儿童文学是一种将成人对世界的理解告诉孩子的过程。正是在这样一个意义上，我们既强调了作者与儿童平等对话的民主精神，强调了作者的责任心、使命感和智慧，同时强调了童书创作同样具有现代个体写作的基本特征。

安徒生童话诗学的核心是把"儿童"（"童年"）提升为一个具有独特诗学涵义的诗学观念和诗学范畴，儿童文学从此拥有了区别于"成人文学"的另样气质：它是尊重儿童本性和儿童精神的，是趋向浪漫主义的，是信赖奇迹和梦想的，是回归自然的，是儿童喜欢也令成人产生怀想的……如此概括儿童文学或许有本质主义的嫌疑，然而一部书之所以被人们感知为"童书"，正在于它的"儿童文学气质"。这种气质往往表现为对远古童年时代的怀想、对儿童本性的臣服、对返回自然的渴望、对工业文明和刻板无趣的成人文明的对抗。

如此说来，安徒生童话仅仅是给孩子看的吗？安徒生仅仅是为了孩子而创作吗？儿童之于安徒生童话仅仅是目标读者吗？安徒生童话是简单幼稚的吗？不！当然不是。那么，

---

① Barbara Wall. The Narrator's Voice：The Dilemma of Children's Fiction［M］. New York：St. Martin's Press，1991.

儿童文学仅仅是给孩子看的吗？儿童文学仅仅是为了孩子而创作吗？儿童之于儿童文学仅仅是目标读者吗？儿童文学是简单幼稚的吗？不！当然不是。

安徒生致力于在各种自述中强调他的创作不仅仅是给孩子们的，而这恰是诸多经典儿童文学作家共同的心声。他们强调他们的写作是复活童年记忆，是与从前的孩子对话，是为自己写，也是为所有有童心的人写的。儿童文学的意义生成是"成人"与"儿童"（"童年"）往返对话的结果。所以，被誉为"维多利亚时代童话之王"的乔治·麦克唐纳强调，他是为所有像孩子一样的人而写作——无论他们是五岁还是五十岁，或者七十五岁。他也像安徒生一样，引用《圣经》中耶稣的话来强调成为"像小孩子一样的人"是非常重要的事情。1966年安徒生奖得主芬兰作家多维·扬森则说："我担心我是在欺骗我的读者，因为我其实是在对自己讲故事。现在我放心了"，"有时我在想，为什么当人远离童年以后，反而会突然动笔写儿童故事？我们是为孩子们而写作吗？我们是否为自己的快乐或忧虑而写？我们写的是悲剧还是童谣？"① 1999年安徒生奖得主挪威作家托莫德·豪根则说："我从来说不准我的某本书是为谁写的"，"但是我真正知道的有两点：全世界的人都曾是儿童，我们都有一个属于自己的童年。"② 又说，"似乎我们成年人忘记了这样的事态：我们的生活是基于童年的。童年是我们借以相互交流和与年

① 国际青少年读物协会. 长满书的大树 [M]. 黑马，译. 武汉：湖北少年儿童出版社，2005：137.
② 国际青少年读物协会. 长满书的大树 [M]. 黑马，译. 武汉：湖北少年儿童出版社，2005：188.

轻人交流的主要源泉，也是了解自己和全人类的基本源泉。"① 丹麦著名儿童文学作家简·莫根森则称他的创作源于对"儿童时代的深深眷恋和怀念"②，中国著名儿童文学作家曹文轩则称他的儿童文学写作源于"一种清洁的选择"和"掌握一份单纯而向上的情趣"③，而他的作品的读者对象既有孩子，也有大人。可以说，选择儿童文学即选择一种自我倾诉的方式，即选择一种与"儿童"（"童年"）对话的独特的美学倾向，而非仅仅迁就孩子的阅读需求。

实际上，孩子的阅读需求与作品的文类属性并不是对等的关系。正如西班牙著名作家希梅内斯在他的著作《小银和我》的序言中说："孩子完全可以读大人读的书，少数除外。儿童文学的意义在于这个世界里的理想与纯真。从教育的意义上说，告诉孩子们，儿童文学提供了另一种理解世界的方式。"④ 这位 1956 年诺贝尔文学奖的得主，他的洞察力在于他尊重直觉与常识，他将儿童文学的支配性文体规范定义为"理想和纯真"以及"另一种理解世界的方式"，即意味着他对儿童文学的理解回归到儿童文学诗学诞生的源头：浪漫主义，亦意味着他对儿童文学的理解回归到安徒生。

儿童文学这种文类代表一种独特的观念与心态范式，其独特的文化人类学意义和美学品格，不能从单一的儿童读者

---

① 国际青少年读物理事会. 长满书的大树［M］. 黑马，译. 武汉：湖北少年儿童出版社，2005：189.

② ［丹］简·莫根森. 简·莫根森动物故事系列［M］. 南昌：二十一世纪出版社，2009：封二.

③ 曹文轩. 一种清洁的选择［C］// 曹文轩. 感动. 南京：江苏少年儿童出版社，2006：5.

④ ［西］胡安·拉蒙·希梅内斯. 小银和我［M］. 达西安娜·菲萨克，译. 杭州：浙江文艺出版社，2009：4.

接受维度得到充分的说明。"儿童"（"童年"）诗学提醒我们，"儿童"（"童年"）是审美对象，是叙事方式，更是精神背景。

包括安徒生童话在内的经典童书提醒我们，优秀的儿童文学应是张扬文学的伦理价值的文学，是"为人类提供良好的人性基础"① 的文学，一种维持人类内心纯洁的文学，一种使任何时代的孩子都能从中获得信心和勇气的文学，是融合了成人世界与儿童世界的文学，是对指向理想与纯真的童年诗学的建构，是人类文化危机时代的重要思想资源。

---

① 曹文轩. 追随永恒［M］//草房子. 南京：江苏少年儿童出版社，1997：278.

参考文献

（一）安徒生童话

1. ［丹］安徒生. 新注全本安徒生童话 ［M］. 叶君健，译. 沈阳：辽宁少年儿童出版社，1992.

2. ［丹］安徒生. 安徒生童话故事全集（新译本）［M］. 林桦，译. 北京：中国少年儿童出版社，1995.

3. ［丹］安徒生. 安徒生童话故事全集 ［M］. 叶君健，译. 杭州：浙江文艺出版社，1999.

4. ［丹］安徒生. 安徒生童话全集 ［M］. 任溶溶，译. 上海：上海译文出版社，1996.

5. ［丹］安徒生. 英汉对照　安徒生童话全集 ［M］. W. A. ＆ J. K. 格拉吉，英译，叶君健，中译. 北京：清华大学出版社，1999.

6. ［丹］安徒生. 安徒生童话精选 ［M］. 叶君健，译. 北京：人民教育出版社，南京：译林出版社，2003.

10. ［丹］安徒生. 没有画的画册 ［M］. 林桦，译. 上海：上海社会科学院出版社，2004.

11. ［丹］安徒生. 安徒生童话故事全集 ［M］. 林桦，译. 北京：中国少年儿童出版社，2005.

12. ［丹］安徒生. 安徒生童话与故事全集［M］. 石琴娥，译. 南京：译林出版社，2005.
13. ［丹］安徒生. 安徒生童话全集［M］. 任溶溶，译. 杭州：浙江少年儿童出版社，2005.
14. ［丹］安徒生. 安徒生文集［M］. 林桦，译. 北京：人民文学出版社，2005.
15. ［丹］安徒生. 安徒生童话［M］. 叶君健，译. ［斯洛伐克］杜桑·凯利，卡米拉·什坦茨洛娃，绘. 北京：中信出版集团，2019.

（二）安徒生传记及相关论著

1. 叶君健. 童话作家安徒生［M］. 上海：少年儿童出版社，1956.
2. ［苏］伊·穆拉维约娃. 安徒生传［M］. 马昌仪，译. 上海：上海文艺出版社，1981.
3. ［丹］安徒生. 我的一生［M］. 李道庸，薛蕾，译. 成都：四川少年儿童出版社，1983.
4. 浦漫汀. 安徒生简论［M］. 成都：四川少年儿童出版社，1984.
5. 叶君健. 不丑的丑小鸭［M］. 长沙：湖南少年儿童出版社，1984.
6. 郭德华. 安徒生生平简介［M］. 安徒生展览会内容之一. 北京：丹麦王国外交部新闻与文化关系司，1988.
7. ［丹］欧林·尼尔森. 汉斯·克里斯琴·安徒生［M］. 郭德华，译. 北京：中国对外翻译出版公司，1988.
8. ［俄］穆拉维约娃. 寻找神灯——安徒生传［M］. 何茂正，译. 长沙：湖南文艺出版社，1993.
9. 小啦，约翰·迪米留斯. 丹麦安徒生研究论文选［C］. 小啦，林桦，严绍端，等译. 合肥：安徽少年儿童出版社，1999.
10. ［丹］安徒生. 我生命的故事［M］. 黄联金，陈学凰，译. 北京：中国档案出版社，2002.
11. 2002安徒生童话之艺术表现及影响学术研讨会论文集［C］. 台北：青林国际出版股份有限公司，2002.
12. 孙建江. 飞翔的灵魂——安徒生经典童话导读［M］. 武汉：湖北少年儿童出版社，2004.
13. 李红叶. 安徒生童话的中国阐释［M］. 北京：中国和平出版社，2005.
14. 王泉根. 中国安徒生研究一百年［C］. 北京：中国和平出版社，2005.
15. 林桦. 安徒生剪影［M］. 北京：三联书店，2005.
16. ［丹］詹斯·安徒生. 安徒生传［M］. 陈雪松，刘寅龙，译. 北京：九州出版社，2005.
17. ［丹］伊莱亚斯·布雷斯多夫. 从丑小鸭到童话大师——安徒生的生平及著作［M］. 周良仁，译. 哈尔滨：黑龙江人民出版社，2005.
18. ［丹］斯蒂格·德拉戈尔. 在蓝色中旅行：安徒生传［M］. 冯骏，译. 南京：译林出版社，2005.
19. ［丹］安徒生，吉瑟拉·培雷特. 安徒生日记［M］. 姬健梅，译. 台北：左岸文化有限公司，2005.
20. 王蕾. 安徒生童话与中国现代儿童文学［M］. 上海：华东师范大学出版社，2009.

21. 盛开莉. 走出儿童文学拘囿的安徒生研究 [M]. 北京：光明日报出版社，2017.

22. 齐宏伟. 上帝的火柴　用安徒生童话点亮心灯 [C]. 西安：陕西师范大学出版社，2018.

23. [丹] 安徒生. 安徒生自传：我的童话人生 [M]. 傅光明，译. 上海：上海译文出版社，2018.

(三) 其他参考文献

1. [法] 卢梭. 爱弥儿 [M]. 李平沤，译. 北京：商务印书馆，1978.

2. [瑞士] J. 皮亚杰，B. 英海尔德. 儿童心理学 [M]. 北京：商务印书馆，1980.

3. [瑞士] 皮亚杰. 发生认识论原理 [M]. 王宪钿，等译. 北京：商务印书馆，1981.

4. [法] 列维-布留尔. 原始思维 [M]. 丁由，译. 北京：商务印书馆，1981.

5. [苏] 叶·莫·梅列金斯基. 神话的诗学 [M]. 魏庆征，译. 商务印书馆，1990.

6. [法] 保罗·亚哲尔. 书·儿童·成人 [M]. 傅林统，译. 台北：富春文化事业有限公司，1992.

7. [美] 布鲁诺·贝特尔海姆. 永恒的魅力——童话世界与童心世界 [M]. 舒伟，梵高月，丁素萍，译. 重庆：西南师范大学出版社，1992.

8. R. L. 布鲁特. 论幻想和想象 [M]. 李今，译. 北京：昆仑出版社，1992.

9. 陶东风. 文体演变及其文化意味 [M]. 昆明：云南人民出版社，1995.

10. 刘绪源. 儿童文学的三大母题 [M]. 上海：少年儿童出版社，1995.

11. 杨慧林. 罪恶与救赎　基督教文化精神论 [M]. 北京：东方出版社，1995.

12. [瑞士] 麦克斯·吕蒂. 童话的魅力 [M]. 张田英，译. 北京：社会科学文献出版社，1995.

13. [挪] 布约克沃尔德. 本能的缪斯——激活潜在的艺术灵性 [M]. 王毅，孙小鸿，李明生，译. 上海：上海人民出版社，1996.

14. [法] 加斯东·巴什拉. 梦想的诗学 [M]. 刘自强，译. 北京：三联书店，1996.

15. [加] 李利安·H. 史密斯. 欢欣岁月——李利安·H. 史密斯的儿童文学观 [M]. 傅林统，编译. 台北：富春文化事业有限公司，1999.

16. 梅子涵，方卫平，朱自强，彭懿，曹文轩. 中国儿童文学 5 人谈 [M]. 天津：新蕾出版社，2001.

17. 吴其南. 童话的诗学 [M]. 北京：中国文联出版社，2001.

18. [法] 托多罗夫. 巴赫金、对话理论及其他 [M]. 蒋子华，张萍，译. 天津：百花文艺出版社，2001.

19. 周作人. 儿童文学小论　中国新文学的源流 [M]. 石家庄：河北教育出版社，2002.

20. [加] Neil Postman. 童年的消逝 [M]. 萧昭君，译. 香港：远流出版公司，2002.

21. ［英］约翰·洛威·汤森. 英语儿童文学史纲［M］. 谢瑶玲，译. 台北：天卫文化图书有限公司，2003.

22. ［美］菲·马·米切尔. 丹麦文学的群星［M］. 阮珅，等译. 沈阳：辽宁教育出版社，2003.

23. ［英］柯林·黑伍德. 孩子的历史：从中世纪到现代的儿童与童年［M］. 黄煜文，译. 台北：麦田出版社，2004.

24. 国际青少年读物理事会. 长满书的大树［M］. 黑马，译. 武汉：湖北少年儿童出版社，2005.

25. 石琴娥. 北欧文学史［M］. 南京：译林出版社，2005.

26. ［法］艾姿碧塔. 艺术的童年［M］. 林徽玲，译. 合肥：安徽教育出版社，2005.

27. ［加］Deborah Cogan Thacker, Jean Webb. 儿童文学导论——从浪漫主义到后现代主义［M］. 杨雅捷，林盈蕙，译. 台北：天卫文化图书有限公司，2005.

28. 方卫平. 方卫平儿童文学理论文集（共四卷）［C］. 济南：明天出版社，2006.

29. ［意］维柯. 新科学［M］. 朱光潜，译. 合肥：安徽教育出版社，2006.

30. ［意］伊塔洛·卡尔维诺. 为什么读经典［M］. 黄灿然，李桂蜜，译. 南京：译林出版社，2006.

31. ［俄］弗拉基米尔·雅可夫列维奇·普罗普. 故事形态学［M］. 贾放，译. 北京：中华书局，2006.

32. 王泉根. 王泉根论儿童文学［M］. 南宁：接力出版社，2008.

33. ［美］沃尔特·翁. 口语文化与书面文化［M］. 何道宽，译. 北京：北京大学出版社，2008.

34. ［意］乔安尼·罗达立. 幻想的文法［M］. 杨茂秀，译. 台北：成长文教基金会，2008.

35. ［加］佩里·诺德曼，梅维丝·雷默. 儿童文学的乐趣［M］. 陈中美，译. 上海：少年儿童出版社，2008.

36. 汉娜·阿伦特. 启迪　本雅明文选［C］. 张旭东，王斑，译. 北京：三联书店，2008.

37. 朱自强. 儿童文学概论［M］. 北京：高等教育出版社，2009.

38. 刘文杰. 德国浪漫主义时期童话研究［M］. 北京：北京理工大学出版社，2009.

39. 袁青侠. 林桦文存［C］. 北京：三联书店，2009.

40. 方卫平. 中国儿童文化（第一至第五辑）［C］. 杭州：浙江少年儿童出版社，2004—2009.

41. 彭懿. 走进魔法森林——格林童话研究［M］. 北京：外语教学与研究出版社，2010.

42. ［日］河合隼雄. 孩子的宇宙［M］. 王俊，译. 上海：东方出版中心，2010.

43. ［英］彼得·亨特. 理解儿童文学［M］. 郭建玲，等译. 上海：少年儿童出版社，2010.

44. 舒伟. 走进童话奇境——中西童话文学新论［M］. 北京：外语教学与

研究出版社，2011.

45. ［加］佩里·诺德曼. 隐藏的成人　定义儿童文学［M］. 徐文丽，译. 北京：中国社会科学出版社，2014.

46. 洪汛涛. 童话的基本论述［M］. 上海：上海教育出版社，2014.

47. 张锦江. 童话美学［M］. 上海：上海教育出版社，2014.

48. ［德］马丁·布伯. 我与你［M］. 陈维纲，译. 北京：商务印书馆，2015.

49. 舒伟，等. 从工业革命到儿童文学革命：现当代英国童话小说研究［M］. 北京：中国社会科学出版社，2015.

50. 王泉根，舒伟，朱自强，等. 世界儿童文学研究丛书（共 10 种）［M］. 长沙：湖南少年儿童出版社，2015.

51. 韦苇. 世界儿童文学史［M］. 上海：复旦大学出版社，2015.

52. 赵霞. 思想的旅程　当代英语儿童文学理论观察与研究［M］. 南京：江苏凤凰少年儿童出版社，2015.

53. 陈赛. 关于人生，我所知道的一切都来自童书［C］. 北京：中信出版社，2017.

（四）相关英文文献

1. J. R. R. Tolkien. The Tolkien Reader ［M］. New York：Ballantine，1966.

2. Johan de Mylius，Aage Jørgensen & Viggo Hjørnager Pedersen. Andersen and the World　Papers from the First International Hans Christian Andersen Conference ［C］. Odense：Odense University Press，1993.

3. Johan de Mylius，Aage Jørgensen & Viggo Hjørnager Pedersen. Hans Christian Andersen：A Poet in Time　Papers from the Second International Hans Christian Andersen Conference ［C］. Odense：Odense University Press，1999.

4. Barbara Wall. The Narrator's Voice：The Dilemma of Children's Fiction ［M］. New York：St. Martin's Press，1999.

5. Steven P. Sondrup. H. C. Andersen：Old Problems and New Readings Papers from the Third International Hans Christian Andersen Conference ［C］. Odense：University Press of Southern Denmark & Utah：Brigham Young University，2004.

6. Jack Zipes. Hans Christian ANDERSEN：The Misunderstood Storyteller ［M］. New York：Routledge，2005.

7. Kjeld Heltoft. Hans Christian Andersen as an Artist ［M］. Translated from the Danish by David Hohnen. Copenhagen：Christian Ejlers' Forlag，2005.

8. Rowland Herbert. More than Meets the Eye：Hans Christian Andersen and Nineteenth-century American Criticism ［M］. Madison：Fairleigh Dickinson University Press，2006.

9. Johan de Mylius，Aage Jørgensen & Viggo Hjørnager Pedersen. Hans Christian Andersen Between Children's Literature and Adult Literature Papers from the Forth International Hans Christian Andersen

Conference [C]. Odense: Odense University Press, 2007.

10. Johs. Nørregaard Frandsen, Sun Jian & Torben Grøngaard Jeppesen. Hans Christian Andersen in China [C]. Odense: University Press of Southern Denmark, 2014.

11. Weijie Li. The Chinese Versions of Hans Christian Andersen's Tales: A History of Translation and Interpretation [C]. Odense: University Press of Southern Denmark, 2017.

后记

这是在我的博士论文的基础上发展而来的一本书。

而它最初的缘起毫无疑问要追溯到我的硕士论文。2001年，我完成了一篇关于安徒生的硕士论文：梳理安徒生在中国的接受历程。之后，我将之扩展成为一本书：《安徒生童话的中国阐释》（2005）。2008年，我带着对儿童文学的特殊感情来到北师大。我的博士论文本是要避开安徒生的，最初的选题是：儿童文学话语体式的生成及其诗学意义研究，但我在构思的过程中发现，无论是时间准备还是资料准备都还远远不够，我决定先做一个个案，于是重新选择了安徒生。

博士论文完成后我将之摆了整整八年，其间去丹麦安徒生中心访学了一年（2013 年 11 月—2014 年 11 月），工作单位也有了一些变化，并且参加了更多儿童文学活动，同时，一年一度面向全校学生开设关于儿童文学的公选课，也开始给研究生开设儿童文学理论课，慢慢地，命运似乎越来越紧密地将我与儿童文学联系在一起，也越来越紧密地与安徒生联系在一起。2019 年年初，我有了要重新要打磨这篇论文的想法，2019 年 5 月下旬我终于得以抽出时间重新整理这部书稿。我惊讶地发现这些年来我只不过一直在印证八年前提出的那些观点而已；另一方面，如果说岁月于我有更多恩赐的话，即我有能力将八年前的观点提炼得更清晰，并阐述得更明朗也更丰富些了。

我接触儿童文学的时间不算太长，却也不算太短。2000 年 10 月当我确定要做安徒生研究时也就同时开始研究儿童文学，如今摆在眼前的这本书可以说是这 19 年来我对我的两个核心观察对象"安徒生"和"儿童文学"的一次倾情的交待。读到这本书的最后一章时，读者诸君就会知道，我在前文中提到的博士论文的最初选题也一并在这本书里得到了不同程度的反映。

我一直在思考安徒生之为安徒生、童书之为童书的核心要素是什么，以及它们在整个文学发展史乃至人类文明史上的位置，思考这些年里童书是怎样影响了我自己继而经由我又怎样影响了我的学生，以及我身边的人。无论是比较文学课还是外国文学课，我必定要把我对童书的思考纳入进去，可以肯定的是，因为童书的加入，文学景观的确变得更宏阔也更动人。

我在这本书里提倡将现象学方法运用到儿童文学批评中来，提倡作为叙事策略的"对儿童写作"，提倡对以纯真和理想为指向的审美范式的建构，提倡对童书的思考放到"大文学"的发展脉络中乃至人类文明史的脉络中来考察，提倡将童年视为思想资源，提倡"回过头来思已思过的东西"，提倡天真之气。我相信，理论建构固然需要训练有素的概念推理，更重要的却是对人自身的理解以及对文本本身的感知力和洞察力。我的确借由安徒生而充分地传达了我自己。我所作的这一切无非遵循"我手写我心"这一基本的写作原则而已。

1819 年，14 岁的安徒生决定离开他的故乡欧登塞，前往哥本哈根履行自己的天命，实现自己的梦想。算命女人说，有一天，欧登塞全城将张灯结彩欢迎他的归来。很多年后，人们将看到，安徒生完成了他的天命，实现了他的梦想，而他的故乡在他 70 岁那年授予他荣誉市民的崇高称号，并全城张灯结彩欢迎他的归来。1819 年对于那个 14 岁的少年来说，的确是一个具有重要纪念意义的年份，那么，两百年后的今天，我可否也将这本书献给安徒生，并纪念他那童话般的一生？

我还想借"后记"这一纸空间表达我对生活的无限感激之情。我得以进入安徒生领域及童书领域并保持了对于文学的本初的忠诚，得益于指引我、呵护我、鼓励我前行的老师们，感谢我的博士生导师王泉根教授以及我的硕士生导师曹文轩教授，感谢已经离世的翻译家林桦先生，感谢乐黛云教授、钱理群教授、张汉良教授、孙建教授，感谢朱自强教授、方卫平教授，感谢丹麦安徒生中心主任 Johs. Nørregaard Frandsen 教授及该中心和安徒生博物馆的所有朋友们，感谢丹麦驻华使馆文化参赞赖贵云女士，感谢我所在的湖南师范大学文学院，感谢我的先生和我的女儿，以及我挚爱的亲人们！并感谢少年儿童出版社，感谢责编文竹，这本书得以在此出版，我深感荣幸。

安徒生在《白雪皇后》的结尾写道："他们坐在那儿，已经是成人了，但同时也是孩子，在心里还是孩子。这时正是夏天，暖和的、愉快的夏天。"我也想在这本书的后记里写道，在这万物并秀的夏天，愿这本书唤起你那超凡拔俗的童年感觉，我们早已成年，但心里还是孩子。

2019 年 7 月 5 日于长沙

图书在版编目（CIP）数据

安徒生童话诗学问题/李红叶著.—上海：少年儿童出版
社，2020
（新世纪儿童文学新论）
ISBN 978 - 7 - 5589 - 0721 - 0

Ⅰ.①安… Ⅱ.①李… Ⅲ.①童话－文学研究－丹麦－近代
Ⅳ.①I534.078

中国版本图书馆 CIP 数据核字（2019）第 249838 号

新世纪儿童文学新论
安徒生童话诗学问题

李红叶 著

许玉安 封面图
赵晓音 装 帧

责任编辑 曹文竹　美术编辑 赵晓音
责任校对 黄亚承　技术编辑 许 辉

出版发行 少年儿童出版社
地址 200052 上海延安西路 1538 号
易文网 www.ewen.co 少儿网 www.jcph.com
电子邮件 postmaster@jcph.com

印刷 上海盛通时代印刷有限公司
开本 787×1092 1/16 印张 16.75 字数 181 千字 插页 1
2020 年 1 月第 1 版第 1 次印刷
ISBN 978 - 7 - 5589 - 0721 - 0/I・4506
定价 66.00 元